Roland Weis

Hirschsprung

Sternwald Verlag

Die Deutsche Bibliothek – CIP-Einheitsaufnahme
Schwarzwaldkrimi: Hirschsprung
Freiburg: Sternwald-Verlag, 2006
ISBN 3-9808633-2-8
NE: Roland Weis

Sternwaldstraße 26
D-79102 Freiburg
Tel. (07 61) 3 14 14
Fax (07 61) 2 43 02
www.sternwaldverlag.de

Titelgestaltung: Boris Pfetzing, KonText
Satz: Boris Pfetzing, KonText
Herstellung: freiburger graphische betriebe • fgb

INHALT

HIRSCHSPRUNG

Wie ein Kartoffelsack fiel das schwarze Paket vom Himmel und knallte fünf Meter vor dem Fahrzeug auf die Straße. Der Mann hinterm Lenkrad sah den schwarzen Schatten herunterfallen, stieg auf die Bremse und brachte sein Auto zum Stehen. Was war das gewesen? Es war finstere Nacht auf der B 31 im Höllental. Links und rechts säumten steile Felsen den Straßenrand und warfen Schatten wie Raubritter. Kein weiteres Auto in der Nähe. Marian Ziggl setzte den Warnblinker und öffnete vorsichtig die Autotür. Er schob sich das schulterlange Haar, das wie ein Vorhang herunterfiel, hinter die Ohren, um hinauszuspähen. Er sah aus wie eine Krähe, die um die Mülltonne lugt. Nichts zu sehen. Irgendwie war er über das rätselhafte Paket, das da vom Himmel gefallen war, hinübergebremst. Er musste aussteigen, um sich zu vergewissern. Marian Ziggl war kein ängstlicher Mensch. Als unerschrockener Pädagoge und ehrenamtlich engagiert in der Jugendarbeit und im Tierschutzverein, war er Zoff, Stress und heikle Situationen gewohnt. Aber hier, nachts kurz nach zwei Uhr, auf der gottverlassenen B 31, an der engsten Stelle des Höllentales, befiel ihn doch ein leichtes Schaudern. Im Scheinwerferlicht vor dem Fahrzeug konnte er nichts erkennen. Blick nach oben. Der Schatten der schwarzen Felsen hing bis über die Fahrbahn. Alles lag im Dunkeln. Er ging nach hinten, um dort nachzusehen. In diesem Moment krachte ein Schuss durch die Nacht. Irgendwo hoch oben in den Felsen abgefeuert.

Das Höllental ist die meistdurchquerte Schlucht des Schwarzwaldes. Das liegt daran, dass man sie bequem mit dem Auto befahren kann, und zwar auf der Bundesstraße 31. Wesentlich schöner ist natürlich die Wutachschlucht. Sie hat aber den Nachteil, dass man dort zu Fuß gehen muss. Wer von Freiburg kommt, der hat, sobald er die tiefer gelegte vierspurige Trasse der B 31 hinter sich hat und bei Himmelreich wieder über dem Wiesenniveau auftaucht, eine abwechslungsreiche Fahrt vor sich. Linkerhand steht das Gasthaus Himmelreich. Die Hofkapelle stand früher auf der anderen Straßenseite, wurde aber in den 1980er Jahren wegen einer Straßenverbreiterung zwangsumgesiedelt. Der Straße ist hier seit 1770 alles untergeordnet. Damals wurde die historische Höllentalstraße extra verbreitert und ausgebessert, weil 57 Wagen, 450 Zug- und Reitpferde und 257 Personen, nämlich der Brautzug der damals 15jährigen Erzherzogin von Österreich, Marie Antonia, durchs Höllental Richtung Paris reiste. Als Königin Marie Antoinette wurde sie während der Schreckensherrschaft der Revolution später umgebracht. Das ist eigentlich eine andere Geschichte, sei aber trotzdem hier kurz angeführt, um übermütigen Straßenbauern einen kleinen Schrecken einzujagen.

Jedenfalls führt die B 31 auf ihrem weiteren Weg Richtung Höllental erst einmal durch den kleinen Ort Falkensteig, der seit Jahrzehnten deswegen jammert. Es ist der einzige Ort entlang der B 31 zwischen Freiburg und Donaueschingen, der keine Umfahrung oder Untertunnelung hat. Folglich hängen die Bewohner immer dringlichere Beschwörungen und immer drohendere Parolen an die Adresse der Politiker aus den Fenstern. Sie tun dies mit schwarzem Filzstift auf weißem Bettlaken. Nach acht Tagen an der frischen Luft kann man wegen der Abgase und des Straßenstaubs aber schon nichts mehr lesen. Für Marktforscher wäre deshalb die Ermittlung des durchschnittlichen Pro-Kopf-Verbrauchs an Bettlaken in diesem Ort eine lohnende Studie.

Der Ort Falkensteig hat sich den Namen von einer zerfallenen Burgruine geliehen. Die Reste dieser Burg kleben noch hoch oben auf den nicht weit entfernten Felsklippen am Eingang zum Höllental. Es handelt sich um eine Art historischer Mautstelle. Hier hausten einst die Raubritter, die den Reisenden zwischen Freiburg und Hochschwarzwald alle Wertsachen abnahmen: Gold, Silber, Proviant, Pferde, die Frauen und am Schluss das Leben.

Auf dem gegenüberliegenden Felsen steht seit über 100 Jahren auf halber Höhe die überlebensgroße Blechskulptur eines Hirsches. Vorher war an gleicher Stelle etwa 50 Jahre lang eine Hirschfigur aus Holz. Sie wurde 1856 von der Gemeinde Falkensteig aufgestellt, um an ein Ereignis zu erinnern, das noch mal einige hundert Jahre zurück liegt: Ein Ritter der Burg Falkensteig soll bei einer Jagd einen besonders stattlichen Hirsch angetroffen haben. Er verfolgte ihn stundenlang und als das erschöpfte Tier an dem hohen Felsen stand, setzte es zu einem letzten verzweifelten Sprung an. Es gelang dem Hirsch, die etwa 30 m breite Kluft zu überspringen und seinem Verfolger zu entkommen.

Heute wäre so etwas natürlich nicht mehr denkbar. Erstens sind die Hirsche viel lascher als damals, zweitens ist die Schlucht viel breiter geworden, weil tapfere Ingenieure beim Bau der Höllentalbahn und beim Ausbau der B 31 Tonnen von Fels weggesprengt haben und drittens gibt es auch keine Jäger mehr, die stundenlang einen Hirsch verfolgen.

Manchmal wird der Blechhirsch von lustigen Kletterern rot oder grün angemalt. Ansonsten aber hat er seine Ruhe. Er wird nicht einmal mehr fotografiert. Seit nämlich unten am Parkplatz der kleine Kiosk, den es dort jahrzehntelang gegeben hat, abmontiert wurde, haben Autofahrer keinen Anlass mehr, hier einen Stopp einzulegen.

Marian Ziggl war nach dem Schuss erschrocken zusammengefahren. Fast hätte er sich mit seinem schlaksigen Körper zu Boden geworfen. Pseudo-getroffen sozusagen! Doch er war unversehrt. Wer auch immer geschossen hatte, er hatte es nicht auf ihn abgesehen. Sein erster Impuls war, zurück ins Auto zu klettern und sich aus dem Staube zu machen. Dann besann er sich aber doch auf das ursprüngliche Objekt seiner Neugierde: Das vom Himmel gefallene Paket. Dort hinten lag es auf der Straße. Tatsächlich war Ziggl mit seinem Kleinwagen drüber hinweggefahren, ohne es zu berühren. Ein Auto startete irgendwo in der Nähe. Gleich darauf blitzten um die Felsnadel des Hirschsprungs herum Scheinwerfer auf. Ein Kleinwagen bremste scharf vor dem Hindernis, wich aus, stoppte für ein paar Sekunden sogar. Ziggl winkte und trat näher. Hier kam Hilfe? Doch da beschleunigte der Fiesta wieder und brauste davon. So ein Idiot? Ziggl registrierte wütend das Nummernschild. Den Typen würde er anzeigen. Wegen unterlassener Hilfeleistung. Der Fiesta raste davon, als seien fünf Streifenwagen hinter ihm her. Es wirkte fast, als ergriffe er die Flucht. Marian Ziggl schickte ihm ein paar unkatholische Flüche hinterher. Aber dann hatte er Wichtigeres zu tun. Er hatte das Ding erreicht, das da platt mitten auf der Fahrbahn lag. Er war müde und erschöpft nach einem langen Tag, hatte mehrere Stunden Fahrt im Auto hinter sich, er sehnte sich nach dem eigenen Bett daheim im nur noch wenige Kilometer entfernten Neustadt, er war ausgelaugt und schlapp. Aber jetzt wurde er mit einem Schlag hellwach. Was da auf der Straße lag und aussah wie der Seesack eines Wehrpflichtigen, das war eindeutig ein menschlicher Körper. Seltsam verrenkt. Eine Leiche. Eine Leiche, die vom Himmel gefallen war.

DIE SCHÖNE UND IHR RÄTSEL

Die schöne junge Frau stand auf der Schwelle zu Alfreds Büro und blickte ihn an, als wäre er King Kong persönlich und kurz davor, über sie herzufallen. Diesen eingeschüchterten Ausdruck hatte er schon oft auf den Gesichtern von Besuchern gesehen. Menschen, die zum ersten Mal eine Zeitungsredaktion betraten, verharrten in unerklärlichem Respekt vor der Institution Journalismus, der sie alle Schandtaten zutrauten. „Ich bin Journalist, kommen Sie nur herein. Ich werde Ihnen nichts tun!" Er bedachte sie mit seinem charmantesten „Ich-bin-harmlos-Lächeln" und zwinkerte verschwörerisch.
Die Frau blieb immer noch an der Tür stehen. Sie war jung und sah sehr unschuldig aus. Sie hatte ein frisch geschrubbtes Gesicht, reine, gesunde Haut und dunkelbraunes Haar. Sie verfügte über diese glückliche und unschuldige Schönheit, die von innen kommt, glüht und nach außen strahlt wie eine Flutlichtanlage. Alfred schätzte sie auf drei- oder vierundzwanzig, aber sie sah aus wie achtzehn und wie jemand, den man in der Seebach-Klause auch in zehn Jahren noch zwecks Altersbestimmung nach dem Führerschein fragen würde. Zum Verlieben! Das mochte bei Alfred aber nichts heißen, passierte ihm alle Tage.
Sie hatte jetzt einen zaghaften Schritt ins Redaktionsbüro hineingemacht, blieb dann aber mit gesenktem Blick wieder stehen und stellte sich zaghaft vor: „Meine Name ist Monika Rose." Unvermittelt fragte sie: „Fällt das, was ich Ihnen vielleicht sage, unter die journalistische Schweigepflicht, oder wie ist das bei Redakteuren?"
Oho, das klang aber sehr mysteriös. Alfred schüttelte den Kopf: „Man kann meine E-Mails kontrollieren, meine Telefonanrufe rekonstruieren und mich einem Verhör unterzie-

hen. Wie viel ich dann verrate, hängt davon ab, was Sie verbrochen haben."
„Oh! – Ich habe nichts verbrochen."
„Aber es gibt einen gewissen Spielraum. Bestimmte Dinge kann ich für mich behalten. Manchmal vergesse ich auch etwas."
„Aha!" Diese Antwort gefiel ihr besser. Sie trat noch einmal zwei Schritte vor und hatte jetzt schon fast Alfreds Schreibtisch erreicht.
„Das ist wirklich nicht einfach für mich", sagte sie und bekam sofort einen roten Kopf als hätte sie intimste Geheimnisse gebeichtet. „Ich bin mir nicht sicher, ob es richtig ist, dass ich hierher gekommen bin. Mein Anliegen ist eher…, also sozusagen…, nicht öffentlich. Eher privat!"
Alfred sonnte sich einige Sekunden in ihrer Verlegenheit. Sie stand vor ihm wie ein Schulmädchen, die nervösen, langfingrigen Hände vor dem Schoß gekreuzt und ineinander verknotet, den Blick gesenkt, glühendes Rot auf den Wangen. Sie trug eine schlichte weiße Bluse und einen hellgrünen Baumwollrock. Einfach aber modisch. Sicher nicht übermäßig teuer. Über die linke Schulter hatte sie eine enorme schwarze Handtasche aus Kunststoffleder hängen, etwa in der Größe eines Autoreifens. Als sie sich jetzt auf seine Aufforderung hin auf den einzigen Besucherstuhl in der Redaktion setzte, drückte sie die Handtasche auf ihren Schoß. Die Geste wirkte besonders keusch. Sie gefiel Alfred. Er überprüfte in Gedanken seine eigene Aufmachung: Ausgefranste Jeans, zerschlissene Turnschuhe, ein schwarzes, knödeliges T-Shirt mit silbernen Blitz-Symbolen am Rücken, strubbelige Frisur. Außerdem lag er mehr auf seinem Drehstuhl, als dass er saß. Unwillkürlich setzte er sich auf, um eine gute Figur zu machen. Zum Glück war er gerade alleine in der Redaktion.

Die anderen hätten sicher ihr Vergnügen gehabt. Wenn Leuchter, sein Chef und Redaktionsleiter, da gewesen wäre, dann wäre die junge Frau auch höchstwahrscheinlich bei dem gelandet und nicht bei Alfred.

„Also, um was geht es, Frau Rose?" fragte er und versuchte dabei möglichst professionell und jovial zu wirken. „Wieso kommen Sie gerade zu mir?"

„Ich arbeite gleich hier in der Nachbarschaft." Sie erwähnte nicht, wo. „Und da dachte ich, da Sie doch seinerzeit diesen Mordfall mit den asiatischen Rauschgiftschmugglern aufgeklärt haben ..., nun ja, da dachte ich, Sie könnten mir vielleicht auch helfen. Journalisten sind doch auch irgendwie eine Art Privatdetektive."

Das schmeichelte Alfred: „Was Sie nicht sagen." Sie gefiel ihm immer besser.

„Es weiß niemand, dass ich hier bin. Ich würde es sehr schätzen, wenn Sie nichts davon erzählen."

Alfred nickte. „Wenn ich mal weiß, warum Sie überhaupt hier sind."

„Es geht um meinen Verlobten!"

Alfred rutschte ein paar Zentimeter am Stuhl hinunter. Ein Verlobter. Der passte nun ganz und gar nicht in seine Fantasien. Seine Besucherin schien davon nichts zu merken.

„Ja. Ich glaube, dass er in irgendeine kriminelle Sache hineingezogen wird. Ich habe ihn gefragt, aber er streitet es ab. Ich weiß aber ganz sicher, dass irgendetwas nicht stimmt. Sein ganzes Verhalten ist so. Ich glaube, er hat Angst. Und das passt überhaupt nicht zu ihm. Er ist überhaupt kein ängstlicher Mensch."

Alfred nickte gequält. Seit der Verlobte die Bühne betreten hatte, interessierte ihn die Angelegenheit nur noch lauwarm. „Na schön. Was meinen Sie mit irgendeine kriminelle Sache?

Können Sie da etwas präziser werden?"
„Ich habe keine Ahnung!"
„Stiehlt er Autos?"
„Ganz bestimmt nicht!"
„Unterschlägt er Geld?"
„Nein. Wo denken Sie hin!" Ihre Stimme hatte sich empört gehoben, ihre Augen funkelten.
„Was ist mit Betrug?"
Sie schüttelte den Kopf.
Alfred ließ sich ermattet in seine Stuhllehne zurückfallen. Er verdrehte die Augen. Was ihm eben noch als hilfsbedürftige schöne Jungfrau erschienen war, wandelte sich mehr und mehr zur blöden Kuh. „Also, Frau Rose, haben Sie irgendwelche Hinweise, verdächtige Wahrnehmungen, Äußerungen, irgendwas, was Ihren Verdacht ausgelöst hat?"
Sie zögerte kurz und warf dabei einen Blick in ihre große Handtasche, als wäre etwas darin, mit dem alle Fragen beantwortet und alle Unklarheiten beseitigt wären. Doch statt ein solches Etwas herauszuziehen, seufzte sie nur: „Mein Verlobter bleibt nachts weg. Immer häufiger. Die ganze Nacht."
Alfred stöhnte. Oh Gott! So eine Einfalt. Der Kerl trieb sich nachts herum. Das war alles. Da seine Geduld sowieso schon erschöpft war, bemerkte er spitz, im Ton vielleicht eine Idee zu barsch: „Verlobt ist noch nicht angekettet! Er kann es sich immer noch überlegen."
Sie errötete wieder, zischte aber überraschend entschlossen zurück: „Das ist es nicht. Es ist nicht das, was Sie vermuten. Das wüsste ich. Es ist etwas anderes. Etwas Beängstigendes."
Alfred erhob sich. Er hatte die Nase voll. Das hier ergab alles Mögliche, nur nicht eine Geschichte für sein Blatt, den Hochschwarzwaldkurier. Was wollte die Ziege überhaupt von ihm?

„Wenn Sie nicht etwas präziser werden, fürchte ich, kann ich Ihnen nicht helfen. Wie Sie richtig gesagt haben, bin ich Journalist und nicht Privatdetektiv. Ich werde kaum Ihren Verlobten beschatten oder sonst wie hinter ihm herschnüffeln."
Sie drückte ihre Tasche noch fester an sich und schluckte: „Ich will Sie nicht unnötig aufhalten. Ich dachte nur … Na ja, ich dachte eben, Sie fänden das interessant."
„Was fände ich interessant? Dass Ihr Verlobter sich nachts herumtreibt?"
„Nein! Ja! Nicht was Sie meinen. Es ist etwas anderes …"
Alfred zückte demonstrativ einen Notizblock und einen schwarzen Kugelschreiber und tat so, als wolle er den Informationsfluss festhalten, mit dem sie ihn nun sicherlich überschwemmen würde. Sie fasste skeptisch den Kugelschreiber ins Auge und scharrte mit den Füßen. Alfred malte Kringel auf den Block.
Als sie ihn nach einigen Sekunden immer noch anschwieg, stand er auf: „Wenn Ihr Verlobter in Gefahr ist, dann sollten Sie sich an die Polizei wenden. Wenn Sie ihn beschatten wollen, dann hilft Ihnen ein Privatdetektiv. Wenn Sie ihm eine Lektion erteilen wollen, weil er nachts nicht nach Hause kommt, dann heuern Sie einen Nebenbuhler an, der ihn eifersüchtig macht. Was auch immer Sie brauchen, Sie finden es nicht hier. Einen Journalisten brauchen Sie nicht. Gehen Sie zur Polizei, die kann Ihnen helfen."
Ihr Elend verwandelte sich in Pein.
„Mein Verlobter ist bei der Polizei."
„Oh." Nun war Alfred überrascht. Er setzte sich wieder.
„Sie werden ihm doch hoffentlich nichts sagen …?" flehte sie.
„Bisher weiß ich noch nichts, was ich ihm sagen könnte."
Die junge Frau öffnete ihre große Handtasche und holte ein Fotoalbum heraus, das so dick war wie ein doppelter Quelle-Katalog. Dann schlug sie das Monstrum auf und drehte es so

herum, dass Alfred ein quadratisches Farbfoto von ihr und einem großen, gut aussehenden Jungen sehen konnte, der sich in der spinatgrünen Uniform der Verkehrspolizei an einen blank gewienerten Streifenwagen lehnte. Beide lächelten in die Kamera. Er hatte den Arm um ihre Schulter gelegt.
„Er heißt Mark. Mark Hoffmann. Er wurde vor drei Monaten zum Revier nach Titisee-Neustadt versetzt. Da sind wir gemeinsam umgezogen und wohnen jetzt in Neustadt. Alles lief so gut. Ich habe sofort eine Stelle bekommen, wir wohnen zusammen. Er hat sich gleich wohl gefühlt und auch mit seinem Hobby Anschluss gefunden …"
„Welches Hobby?"
„Jagd! Er ist Jäger. Er geht auf die Jagd. Darauf ist er sehr stolz." Sie schien ebenfalls sehr stolz zu sein, so wie sie die Worte betonte. „In den ersten paar Wochen war alles in Ordnung, doch dann hat er sich verändert."
„Inwiefern?"
„Er wirkt so unruhig, so verfolgt. Und er bleibt oft nächtelang weg. Er zieht am Abend los und sagt, er gehe auf die Jagd. Doch dann kommt er bis zum Morgen nicht zurück. Ich glaube, er verschweigt mir etwas."
Alfred sah sich das Foto genauer an. Hoffmann hatte breite Schultern, ein kantiges Gesicht und das rotbackige Lächeln eines Jungen vom Lande. Er hätte durchaus auch aus Waldau oder Schwärzenbach stammen können.
„Müssen Jäger nicht manchmal die ganze Nacht auf der Pirsch sein?"
Sie schüttelte energisch den Kopf, wie um Alfred zu bedeuten, dass er immer noch nicht begriffen hatte: „Es ist ja nicht nur, dass er weg bleibt. Es ist auch die Art, wie er weg bleibt. Er kommt am Morgen und sagt kein Ton. Er redet nicht mit mir darüber."

Die nahe liegende Erklärung war, dass dieser Mark Hoffmann irgendwo eine andere Frau kennen gelernt hatte und bei ihr die Nächte verbrachte. Aber Alfred traute sich nicht, vor diesem unschuldigen Wesen, das da vor seinem Schreibtisch saß und ihn hoffnungsvoll aus großen Augen anflehte, diese wahrscheinliche Wahrheit auszusprechen. Ihre nächsten, verzweifelten Worte machten es nicht leichter. „Es geht darum, wie er sich benimmt. Wir haben früher oft davon gesprochen, zu heiraten und Kinder zu bekommen, aber das tun wir nicht mehr. Wenn ich ihn frage, was los ist, sagt er nur, nichts. Wenn ich ihn frage, wie die Jagd verlaufen sei, wo er die ganze Nacht gewesen sei, dann sagt er nur, da ist nichts zu erzählen. Er ist dann sehr trotzig und reizbar."

„Reizbar?"

„Genau!"

Alfred wurde ironisch: „Er ist sehr reizbar, und deshalb glauben Sie, er ist in ein Verbrechen verwickelt?"

Sie reagierte wütend: „Es ist doch nicht nur das. Die ganze Art, wie er sich verändert hat. Ich kenne Mark doch seit meiner Schulzeit, seit der siebten Klasse. Er ist nicht so wie Sie denken. Ich kenne ihn wirklich besser, als jeder andere auf der Welt. Ich weiß, dass da etwas nicht stimmt."

„Selbst wenn", jetzt nahm Alfred wieder den Spott aus der Stimme. „Selbst wenn Sie Recht haben, dann weiß ich immer noch nicht, wie ich als Journalist Ihnen helfen könnte."

„Ich hatte gehofft, dass Sie mir das sagen können..." Sie lächelte unschuldig, und Alfred beneidete diesen Mark Hoffmann und schalt ihn im Geiste sogleich einen Riesendubel, weil er diesem Prachtstück von Mädchen solche Sorgen bereitete. Dann wandte er sich wieder seiner Besucherin zu: „Sie behaupten also, Mark Hoffmann sei in irgendeine kriminelle Handlung verstrickt, Sie wissen aber nicht, worum es sich dabei handeln könnte. Sie haben nur so eine Ahnung. Sie erwarten von mir, einem Journalisten, dass ich ohne weitere Anhaltspunkte oder Hinweise einem Polizeibeamten nachschnüffle und herausfinde, welcher Art die von Ihnen vermuteten kriminellen Machenschaften sind. Und dann? Wenn ich es herausgefunden habe? Soll ich ihn dann anzeigen, oder was?"

Sie schüttelte den Kopf. „Dann sollen Sie es mir sagen, damit ich ihm helfen kann."

Alfred hatte eine Eingebung, wie er aus diesem Schlamassel wieder herausfinden konnte. Finanzielle Hürden aufbauen!

„Das würde ziemlich teuer werden. Ich müsste Honorar verlangen!"

Sie schaute unsicher drein. „Wie teuer?"

Um die Hürde möglichst hoch zu legen, forderte Alfred: „Zweitausend Euro. Als Vorschuss."

Man konnte sie schlucken sehen. „Das kommt mir aber ziemlich viel vor."

Alfred faltete die Hände und lehnte sich zurück. „Ich kann es nicht ändern. So sind die Preise."

Nun wartete er auf ihre Kapitulation, dass sie aufgeben und ihn endlich in Ruhe lassen würde.

Sie schloss das Fotoalbum, steckte es in ihre große Handtasche zurück und zog ein braunes Wildlederportemonnaie hervor. Sie sah hinein, und rührte mit einem Finger in den Münzen, als rechnete sie im Geiste nach. Dann zog sie zwei 50 Euro-Scheine hervor und legte sie auf Alfreds Schreibtisch. „Ich kann Ihnen jetzt hundert Euro zahlen und dann fünfzig pro Monat in 38 Raten."

„Ach du meine Güte", sagte Alfred und versank fast in seinem Bürostuhl.

Um Zeit zu gewinnen, erhob er sich und ging um den Schreibtisch herum. Er starrte mit nachdenklicher Miene zum großen Fenster hinaus. Was sollte er machen? Auf der anderen Straßenseite, direkt an der Bushaltestelle, parkte ein Polizei-Streifenwagen. Ein großer Typ mit finsterem Vollbart saß am Steuer, und ein etwas freundlicherer, schlanker Kerl mit Rotbäckchengesicht lümmelte sich auf dem Beifahrersitz. Er sah Mark Hoffmann aus dem Fotoalbum ziemlich ähnlich. Alfred wandte sich vom Fenster ab und sah seine Besucherin an. Nein, sie war unschuldig. Sie wusste nicht, dass ihr Typ draußen wartete.

„Hat Ihr Verlobter heute Dienst?"

Sie schaute überrascht drein. „Ja, sicher. Er arbeitet in der Schicht bis 18 Uhr."

Alfred wunderte sich erneut, wie unschuldig und gutgläubig sie wirkte. Man konnte geradezu sehen, wie sie ihren Verlobten liebte und dass sie ihm vertraute.

„Sie wollen also, dass ich hinter Ihrem Mark herspioniere, dass ich herausfinde, was mit ihm los ist?"

„Ja?"

„Und wenn ich es herausgefunden habe? Wenn ich herausfinde, dass er gar nicht derjenige ist, für den Sie ihn halten? Was ist, wenn ich herumschnüffle und etwas finde, das Ihre Gefühle für ihn völlig verändert?"

Ihre Mundwinkel zuckten: „Er ist ein guter Mensch. Ich weiß es. Wenn er in irgendetwas verwickelt ist, dann gegen seinen Willen. Wenn er in Schwierigkeiten steckt, dann will ich ihm helfen."

Sie machte auf Alfred den Eindruck, als hätte sie über genau dieses Problem lange nachgedacht. Vielleicht hatte sie nächtelang wach gelegen. Er ging noch einmal zum großen Fenster und spähte hinaus. Das Polizeifahrzeug stand immer noch da. Der Typ am Steuer stierte geradewegs herüber. Alfred war sich nicht sicher, ob man von draußen sehen konnte, was sich hinter der Scheibe abspielte. Er beschloss, es bei Gelegenheit zu überprüfen. Immerhin war klar: Dieser Mark Hoffmann hatte irgendetwas gerochen. Er beschattete seine eigene Verlobte und dies gab all ihren Ängsten und Befürchtungen eine ganz neue Glaubwürdigkeit. Da war etwas. Alfreds journalistische Neugierde erwachte. Er drehte sich um und Monika Rose fragte: „Werden Sie mir helfen?"

„Vielleicht!"

Sie fixierte seinen Blick: „Vielleicht?"

„Wir machen es folgendermaßen", sagte er. „Ich schnüffle etwas herum, ich recherchiere, ich schaue, ob ich etwas herausfinden kann, ob es überhaupt etwas gibt. Wenn ja, dann reden wir weiter und vielleicht können Sie mir dann auch meine Auslagen erstatten. Bis dahin behalten Sie ihr Geld, und wenn ich nichts finde, dann brauchen Sie mir auch nichts zu bezahlen."

Monika Rose fingerte einen zusammengefalteten Zettel aus ihrer Handtasche. Sie sagte nicht danke und sie fiel Alfred auch nicht um den Hals. Sie nahm sein Angebot wie selbstverständlich an. „Hier auf dem Zettel steht unsere Adresse und unsere Telefonnummer. Mark und ich, wir wohnen zusammen." Sie errötete, als sie das sagte, als seien voreheliche Wohngemeinschaften etwas Unanständiges. „Außerdem hier meine dienstliche Telefonnummer. Sie erreichen mich im Dienst immer am Vormittag. Bis zwölf Uhr. Marks Kumpel bei der Polizei heißt Stefan Rickert. Die beiden gehen zusammen auf Streife. Ich mag ihn nicht, aber über den finden Sie vielleicht auch etwas heraus."

„Okay!" Alfred steckte den Zettel ein. Rickert war wohl der andere Bursche im Streifenwagen.

„Schön." Sie streckte ihm die Hand hin. „Dann vielen Dank. Das ist sehr wichtig für mich, müssen Sie wissen ..." Sie zögerte. Es wirkte, als wollte sie noch etwas sagen. Etwas Nettes. Aber dann unterließ sie es. Stattdessen nahm sie ihre beiden Fünfzig-Euro-Scheine wieder an sich, packte ihre Monster-Handtasche und ging. Der Streifenwagen auf der anderen Straßenseite war verschwunden.

Es war zwölf Uhr sechsundvierzig und Alfred betrachtete nachdenklich den Zettel mit ihren und Mark Hoffmanns Telefonnummern, den sie ihm gegeben hatte. Er stopfte ihn in die Jeanstasche, lehnte sich zurück und grübelte darüber nach, warum Mark Hoffmann und sein unsympathischer Kollege Stefan Rickert während ihrer Dienstzeit Monika Rose beschatteten. Er kam zu keinem befriedigenden Ergebnis, aber er hatte auch nicht allzu viel Zeit, gründlich nachzudenken.

Denn acht Minuten später kamen Mark Hoffmann und Stefan Rickert zur Redaktionstür herein.

POLIZEIBESUCH

Sie sprengten die Tür nicht auf, und sie hechteten auch nicht mit gezückten Waffen herein. Aber sie klopften auch nicht an. Der Typ, den Alfred für Stefan Rickert hielt, stürmte zuerst herein. Er war kleiner als Hoffmann, bestimmt auch zehn bis fünfzehn Jahre älter, hatte einen harten, stämmigen Körper und einen struppigen schwarzen Bart. Er zückte frech seine Dienstmarke und warf zuerst einen Blick hinter den Raumteiler, wo sich der Schreibtisch von Alfreds Chef Leuchter und die Abteilung der Anzeigenleute befanden. „Niemand da!“ meldete er, ohne Alfred die geringste Beachtung zu schenken. Mark Hoffmann, der nach Rickert hereingekommen war, stand an der Tür und bewachte sie, als hätte er Sorge, gleich könnte eine Bande bewaffneter Drogenbarone hereinstürmen. Beide Polizisten wirkten übernervös, gestresst und übernächtigt. Hatte Hoffmann wieder eine lange Nacht hinter sich? Hoffman sah noch größer und strammer aus, als auf den Fotos, die Monika Rose vorgezeigt hatte. Er wirkte, abgesehen von den Rändern unter den müden Augen, tatsächlich blendend jung und wie die Unschuld vom Lande. Jedenfalls nicht wie ein Kerl, der sich auf kriminelle Machenschaften eingelassen hatte, soviel stand für Alfred fest. Andererseits – wie sieht ein Ganove aus?

Rickert trat jetzt an Alfreds Schreibtisch heran und funkelte Alfred aus roten, verquollenen Augen an. Alfred meinte, eine Kneipenfahne zu riechen. „Wir müssen über das Mädchen reden!“, sagte er.

Alfred stellte sich dumm: „Über welches Mädchen?“

Rickert verzog die Mundwinkel zu einem wissenden, höhnischen Grinsen: „Solche Schlaumeier hab ich besonders gern. Was glaubst du Schlappschwanz, wer du bist?“ Seine große

Klappe stand in seltsamem Widerspruch zu seiner Nervosität. Er spielte aufgeregt wie ein Bankräuber im ersten Lehrjahr am Halfter seiner Dienstpistole herum. „Wir machen aber keine Scherze, Jungchen! Wir wissen beide, von welchem Mädchen wir reden, also stell dich nicht dümmer, als du bist. Los, beweg deinen Arsch. Steh auf!"
Hoffmann trat näher. Unruhig blickte er um sich, als fürchte er, gleich käme jemand zur Tür herein. Er versuchte, seinen Kumpel zu bremsen: „Um Gottes Willen Stefan, mach mal halblang. Der weiß doch gar nicht, um was es geht."
Alfred grinste: „Soll ich mal auf eurem Revier anrufen? Würde mich schon interessieren, was euer Chef zu diesem Einsatz sagt. Der Herr Höfele weiß doch bestimmt davon?"
Er hatte einen wunden Punkt erwischt. Die beiden Eindringlinge zuckten merklich zusammen. Beide wirkten noch gehetzter als zuvor. Revierleiter Helmut Höfele hatte sicher keine Ahnung, was seine beiden Streifenpolizisten Hoffmann und Rickert gerade trieben, und wenn er es gewusst hätte, dann hätte es möglicherweise ganz schön Ärger gegeben. Darum blieben beide jetzt auch stumm wie ertappte Sünder. Sie sahen sich an, und Rickert schnappte mit dem Mund, wie ein Fisch, den man an Land geworfen hatte.
Alfred gewann Oberwasser. Er erhob sich aus seinem Bürostuhl, so dass er jetzt genau Auge in Auge mit Stefan Rickert stand. „Und wenn hier einer ein Arschloch oder ein Wichser ist, dann trägt er eine Uniform, hat einen ungewaschenen Vollbart und versoffene Augen!"
Rickert zuckte zusammen wie von einem Blitz getroffen und fingerte wieder nervös an seiner Dienstpistole herum. Es kochte und rumorte in ihm. Er wirkte wie jemand, dem gleich glühende Lava zu den Ohren herausschießt. Hoffmann, der das merkte, packte ihn am Oberarm und zog ihn von Alfred weg.

Trotzdem hob Rickert drohend den Zeigefinger: „Das wirst du noch bereuen, Bürschchen! Du, du ..." Er ließ unausgesprochen, was er sagen wollte.
Hoffmann versuchte es jetzt auf die sanfte Tour: „Ich entschuldige mich für meinen Kollegen." Seine Stimme war angenehm volltönend. Er sprach gepflegt. Nicht wie jemand vom Lande. „Wir wollten Sie nicht einschüchtern oder ängstigen. Wir sind dienstlich, äh, sagen wir halbdienstlich unterwegs. Die Dame, äh, die junge Frau, die, äh, die Sie besucht hat ... Sie hat ..., äh, also, sie wollte, sie soll ... Wir möchten gerne wissen, was sie von Ihnen wollte?" Jetzt war es heraus. Mühsam genug.
Alfred weidete sich an den Nöten des jungen Polizeibeamten. Ein diabolischer Einfall: „Sie wollte nur eine Zeitungsanzeige aufgeben. Sie hat gefragt, was das kostet." Er grinste.
„Eine Zeitungsanzeige?" Hoffmann glotze wie eine Kuh vom Jostal. Diese Auskunft erwischte ihn gänzlich auf dem falschen Fuß. „Was für eine Anzeige?"
Alfred war jetzt in seinem Element: „Na, so eine Hochzeitsanzeige. Wir haben uns vermählt, oder so etwas in der Form. Sie hat gesagt, sie wolle demnächst heiraten und sich schon mal erkundigen, was so eine Anzeige koste."
Hoffmann stöhnte verzweifelt. Rickert gluckste. Alfred kostete die Situation aus: „Sie sagte, es soll eine Überraschung für ihren Verlobten werden. Er wisse noch von nichts." Hoffmann war ganz bleich geworden. Jetzt war es Rickert, der seinen Partner am Oberarm packte und Richtung Tür zog. „Komm, lass uns verschwinden!"
„Ich kann das gerne zu Protokoll geben. Möchten Sie meine Aussage zu Protokoll nehmen?", rief Alfred den beiden nach, als sie sich rückwärts zur Tür hinaus schoben. Er bekam keine Antwort mehr. Die beiden Streifenpolizisten waren verschwunden.

TATORT HÖLLENTAL

Warum war Leuchter, Alfreds Chef beim Hochschwarzwaldkurier, nicht an seinem Schreibtisch gewesen, als die beiden ungebetenen Besucher aufgetaucht waren? Weil Leuchter einen wichtigen Termin hatte. Er befand sich im Höllental. Dort hatte die Polizei seit der Nacht die B 31 auf einer Fahrspur gesperrt. Normalerweise passierte dies nur bei schweren Unfällen, zum Beispiel, wenn LKW in den scharfen Kehren umkippten, was etwa zweimal pro Monat passierte. Über Leuchter konnte man ja viel sagen. Dass er ein Sesselfurzer sei, ein Schreibtisch-Journalist, resigniert, desillusioniert, zynisch, – mehr auf seinen regelmäßigen Feierabend als auf eine gute Story für das Blatt bedacht, aber eines musste man ihm lassen. Wenn an irgendeiner Geschichte ein Haken war, wenn irgendwo etwas nicht stimmte, dann entdeckte er es, dann hatte er die richtige Nase dafür. Im Gegensatz zum erst 25jährigen Alfred war Leuchter mit seinen 47 Jahren ein alter Hase im Geschäft. Als Journalist begleitete er den Hochschwarzwald und seine Protagonisten seit einem Vierteljahrhundert. Er wusste, wer Dreck am Stecken hatte, wer vor dem Konkurs stand, wer von wem schwanger war, wer in welches politische Lager gehörte, wer in seinem Job eine Pfeife und wer ein Überflieger war. Und so wusste er auch sofort, dass etwas nicht stimmte, als die Polizei am Morgen die Meldung verschickte, die B 31 im Höllental sei bis auf weiteres auf einer Fahrspur gesperrt, in dieser Meldung aber sowohl der obligatorische umgekippte LKW als auch jegliche andere Begründung fehlte. Da stimmte etwas nicht, da war etwas faul. Also setzte Leuchter sich in sein Auto und fuhr ins Höllental hinunter.

Als Leuchter in dem Stau, der sich oberhalb und unterhalb der Engstelle kilometerlang gebildet hatte, endlich auf der

Höhe des Hirschsprung-Felsens angekommen war und im Schritttempo am Ort des Geschehens vorbeischlich, sah er einen etwa 200 Meter langen Straßenabschnitt auf der bergwärts führenden Spur, der komplett mit rot-weißem Trassierband abgesperrt war. Wie alle anderen Vorbeifahrenden auch kurbelte Leuchter die Scheibe herunter und begaffte das Geschehen. Innerhalb des abgesperrten Bereiches war der halbe Fuhrpark der südbadischen Polizei geparkt, die meisten Streifenwagen mit hartnäckig zuckendem Blaulicht. Es standen jede Menge Polizisten herum, die alle Wichtigeres zu tun hatten, als sich um einen flotten Verkehrsfluss zu kümmern. An einer Stelle war der Pulk besonders dicht, und dort erhaschte Leuchter den Blick auf eine polizeitypische Kreidezeichnung mitten auf der Straße. Hier waren die Umrisse eines menschlichen Körpers skizziert. Drum herum standen Herren mit und ohne Uniform und diskutierten miteinander. Leuchter erkannte den Neustädter Revierleiter Helmut Höfele. Den kannte er gut. Das bedeutete, dass es eine Chance gab, sich etwas heranzuschleichen und vielleicht auch etwas zu erfahren. Der Parkplatz unterhalb des Hirschsprungs war gesperrt und komplett mit Polizeifahrzeugen belegt, vom Motorrad über den Streifenwagen bis hin zum Mannschaftstransporter, so als gelte es, eine Terrorbande auszuheben. Auf der talwärts führenden Spur kam der nächste Parkplatz ein paar hundert Meter weiter, in Höhe einer kleinen Pension, etwa dort, wo ein kleiner Fußweg in die Felsen hinein bis zur Burgruine Falkensteig führt. Dort fand Leuchter einen freien Platz für sein Auto. Dann kehrte er am Straßenrand entlang zu Fuß zurück zur abgesperrten Stelle oberhalb des Hirschsprungs. Leuchter war beileibe kein Ellbogen-Journalist. Keiner von der Sorte, der sich nun auf Biegen und Brechen zum Zentrum des Geschehens durchgeboxt haben würde. Er stellte

sich ganz brav vor das Absperrband und beobachtete erst einmal. Die zahlreichen Polizeibeamten, die eifrig hin- und herhuschten, beachteten ihn nicht. Ein paar diskutierten miteinander, andere nahmen geheimnisvolle Vermessungen mit Maßbändern vor, wieder andere funkten sich mit ihren rauschenden Funkgeräten gegenseitig wichtige Informationen zu, eine andere Gruppe spähte über die Leitplanke hinunter in den parallel zur Straße verlaufenden Höllbach, als gäbe es dort unten weiterführende Erkenntnisse. Einige hatten auch die Köpfe in den Nacken gelegt und beobachteten emsiges Treiben ihrer Kollegen oben in den Hirschsprungfelsen. Leuchter folgte den Blicken und sah mehrere Polizisten, die nach Art der Gebirgsjäger auf den Felsvorsprüngen herumturnten. Alle waren natürlich vorschriftsmäßig abgesichert und nach DIN-Norm angeseilt. Was hatte das Treiben zu bedeuten? Jedenfalls wurde hier ein Aufwand getrieben, der nie und nimmer von einem wie auch immer gearteten Verkehrsunfall ausgelöst worden sein konnte.
Es ist kein umgekippter LKW. Es ist kein anderer Verkehrsunfall. Es ist keine Übung. Es ist keine Felsputzete. Soviel Erkenntnisse hatte Leuchter schnell gesammelt. Klar war für ihn auch: „Selbst die Polizei tappt im Dunkeln." Das sah alles sehr nach ratloser Suche aus. Wenn aber die Polizei am Rätseln war, dann konnte es sich nur um einen Kriminalfall handeln. Während er so seine Schlussfolgerungen zog, war Leuchter langsam zwischen Trassierband und der sich im Schritttempo fortbewegenden Autoschlange auf der anderen Straßenhälfte, Schritt für Schritt, zum Zentrum des Geschehens vorgedrungen. Niemand hielt ihn auf. Von seinem äußeren Erscheinungsbild her wäre er auch leicht als Kommissar oder gehobener Polizeibürokrat durchgegangen. Er trug braune Kordhosen, ein hell-dunkelblau gestreiftes Hemd und ein

herbstliches Freizeitsakko mit Lederherzchen auf den Ellbogen. So stellt man sich doch einen Polizeiinspektor vor. Im Übrigen liefen innerhalb der abgesperrten Zone etliche Zivilisten herum. Er fiel jedenfalls nicht weiter auf. Als er näher herangerückt war, sah er die Kreidezeichnung auf dem Teerbelag. Die letzte Hinterlassenschaft eines Menschen. Er zückte seine Mini-Digital-Kamera und sicherte sich ein paar Aufnahmen. Von der Kreidezeichnung ging sein Blick zum Felsüberhang über der Straße. In Gedanken zog er eine Linie von der äußersten Felskante bis zur Kreidezeichnung. So wie auch die kletternden Polizisten oben im Felsen offensichtlich diese Kombination nahe legten, so fiel auch Leuchter sofort auf, dass die gedachte Linie vom äußersten Felsvorsprung aus fast eine Vertikale hinunter zur Straße bildete. Vielleicht musste man sich einen kleinen Bogen denken. Wer auch immer dort unten auf der Straße sein Leben gelassen hatte, er war nicht wirklich abgesprungen, sondern höchstwahrscheinlich kerzengerade im freien Fall vom Felsen herabgestürzt. Leuchter stellte sich einen der Kletterpolizisten beim Pinkeln vor. Der Strahl hätte vielleicht ziemlich genau die Flugbahn vom Fels zur Straße hinunter beschrieben.

So, wie die Polizisten unten diskutierten und oben herumkletterten, gingen sie ganz offensichtlich davon aus, dass der Fall, den sie zu lösen hatten, oben auf den Felsen seinen Ursprung hatte. Leuchter machte sich entsprechende Notizen.

„Wir haben aber keine Zuschauer eingeladen!“

„Was?“ Leuchter machte erschrocken einen Satz rückwärts und wäre fast einem der Autos in die Tür gestürzt, die auf der Gegenfahrbahn in der Schlange standen.

Der Mann, der ihn angesprochen hatte, trug keine Uniform. Es war ein älterer Herr, klein und rund, mit einem Pausbackengesicht und listigen kleinen Äuglein. Auf dem kurz geschnittenen Stoppelhaar undefinierbarer Farbe trug er ein neckisches Pepita-Hütchen. Er hatte sich auf der anderen Seite des Trassierbandes vor Leuchter aufgebaut, als wollte er sagen: Bis hierher und nicht weiter!

„Tschuldigung!“ haspelte Leuchter. „Ich bin von der Presse! Mein Name ist Leuchter! Hochschwarzwaldkurier, Neustadt!“ Er fuchtelte mit seiner Mini-Digitalkamera herum, als handelte es sich dabei um einen allseits anerkannten Presseausweis.

„Wir haben auch keine Presse eingeladen“, bemerkte sein Gegenüber.

Leuchter war unbeeindruckt. „Darf ich ein paar Fragen stellen?“

„Nein!“

„Mit wem habe ich es zu tun? Leiten Sie die Ermittlungen?“

„Es wird am Nachmittag oder morgen eine Presseinformation geben. Dann verschicken wir eine Pressemitteilung. Haben Sie so lange Geduld!“

„Nein!“

Leuchter grinste den kleinen Polizeihäuptling an. Der grinste zurück. Der Zustand währte einige Sekunden. Schließlich sagte das Pepita-Hütchen: „Also, jetzt machen Sie sich mal nicht lächerlich. Es gibt eine Pressemitteilung an alle Redaktionen. Vorher sagen wir nichts und vorher wissen wir nichts. Bitteschön und das war's!“

„Darf ich wenigstens wissen, mit wem ich es zu tun habe?“

„Das dürfen Sie selbstverständlich. Jöder! Kriminalkommissar! Ich leite die Ermittlungen.“ Er drückte Leuchter eine zerfledderte Visitenkarte in die Hand, die er zuvor umständlich zusammen mit einem zerknäulten Tempo-Taschentuch und einer blinden Sonnenbrille aus seiner Manteltasche gefingert hatte.

„Selbstmord?“ Leuchters Frage war an niemanden bestimmten gerichtet, und sein Blick schwebte Richtung Felsen hinauf, wo er verweilte, bis der Kommissar sich entschieden hatte, ob er antworten wollte.

Er wollte nicht.

Leuchter eröffnete ein Selbstgespräch: „Ein Selbstmord kann es nicht gewesen sein. Wer klettert schon mühsam mitten in der Nacht auf diesen Felsen, um dann mit ungewissem Ausgang vor ein vorbeifahrendes Auto zu springen? Das ist absurd. Jede Brücke ist besser geeignet.“

Als der Kommissar nicht widersprach aber weiterhin aufmerksam zuhörte, fuhr Leuchter fort: „Ein Unfall also! Ein nächtlicher Unfall! Ein Mensch klettert nachts in den Felsen herum und stürzt ab, weil es so dunkel ist. Pech gehabt. Ein Auto überfährt ihn. Ist das die Version?“ Er beantwortete seine Frage selbst: „Nein, völlig unplausibel. Was hat jemand nachts auf dem Hirschsprungfelsen zu suchen?“

Während Leuchter auf diese Weise laut sinnierte und kombinierte, hatte sich ein weiterer Polizist genähert. Es war Hauptkommissar Helmut Höfele, der Revierleiter des Polizeireviers Titisee-Neustadt, in dessen Zuständigkeitsbereich der Hirschsprung noch gehörte. Er hatte Leuchter erkannt, und kam, um ihn zu grüßen.

„Hallo Leuchter, auch schon da? Üble Sache, nicht wahr?“ sagte er. „Schlimmes Ende für einen Jäger!“

„Aha!“ machte Leuchter, erfreut über die Information.

Kommissar Jöder nahm seinen Pepita-Hut ab und knüllte ihn mühsam beherrscht in den Fäusten. Seinen Kollegen vom Neustädter Revier bedachte er mit einem ungnädigen Blick: „Ich habe der Presse noch keine Auskünfte gegeben“, sagte er scharf.

„Oh, verstehe“, entschuldigte sich der Neustädter Kommissar.

„Hab ich zu viel verraten?“

„Allerdings!“

Leuchter drehte sich weg und kritzelte Notizen in den Block. Das mussten jetzt die Herren Beamten unter sich ausmachen. Er hatte sich jedenfalls nicht verhört. Der Tote war offensichtlich ein Jäger gewesen. Das machte wiederum den Unglücksort doch wieder einigermaßen plausibel. Bei der Jagd abgestürzt! Vielleicht im Übereifer? Welche Ironie, ausgerechnet am Hirschsprung, dem Felsen der Jägerlegende.

EIN AUGENZEUGE

Im Hochschwarzwald erfahren die Menschen alles Wesentliche von der einzigen Tageszeitung der Region, von der Badischen Zeitung. In Titisee-Neustadt unterhält diese Zeitung eine eigene Lokalredaktion mit vier quasi beamteten Redakteuren, die mit Hilfe eines flächendeckenden Netzes schreibender Hausfrauen in allen Dörfern und Weilern die tägliche Lokalausgabe Hochschwarzwald fabrizieren. Gegen diese geballte journalistische Macht konnten Leuchter und Alfred, die beiden Redakteure des wöchentlich nur einmal erscheinenden Hochschwarzwaldkurier, nicht ankommen. Als rein durch Anzeigen finanziertes Wochenblatt musste der Hochschwarzwaldkurier auch oft andere Themen aufgreifen als die Tageszeitung. Trotzdem herrschte gesunde Konkurrenz. Im Gegensatz zu den BZ-Redakteuren, die nach Feierabend selten gesehen waren, war Leuchter ein omnipräsenter Vereinsmeier und Mitmischer in allen Gremien und Organisationen, in denen es irgendwie ein Pöstchen oder eine Funktion gab. Er war bekannt wie ein bunter Hund und fehlte auf keinem Fest, auf keiner Vernissage, auf keiner Einweihung und auf keiner Jubiläumsfeier. Seit über 20 Jahren verkörperte er den Hochschwarzwaldkurier und wurde auch schon mal persönlich haftbar gemacht, wenn das „Blättle“ mal wieder nicht in einem Briefkasten angekommen war. Alfred, sein junger Kollege, der erst seit zwei Jahren die Redaktion verstärkte, hatte sich einen Namen gemacht, als er einen internationalen Rauschgiftschmuggel mit Hochschwarzwälder Kuckucksuhren aufdeckte und dabei auch noch bei der Aufklärung eines Mordes an einem asiatischen Drogenschmuggler eine entscheidende Rolle spielte.

So fühlten sich die beiden Herren, der Jungredakteur Alfred und der alte Hase Leuchter, als alleiniges journalistisches Kompetenzzentrum der Region und sie liebten es, allmorgendlich mit süffisantem Spott die Überschriften und Artikel der Konkurrenz zu sezieren, die sie im internen Sprachgebrauch als „Schnarch weiter Redaktion" bewitzelten. Einen kleinen Schönheitsfehler gab es jedoch. Die Lokalausgabe der Badischen Zeitung erscheint jeden Tag, der Hochschwarzwaldkurier nur einmal pro Woche. So hinkten die beiden Koryphäen in der Regel auch mit den besten Geschichten immer ein paar Tage hinterher und standen wegen dieser zeitlichen Verschiebung immer unter dem Generalverdacht, ja doch nur bei der Tageszeitung abzuschreiben.

Die lange Vorrede ist notwendig, um Verständnis für den Ärger zu wecken, der in Leuchter kochte, weil der Tote vom Hirschsprung sich den denkbar ungünstigsten Tag für seinen Abgang ausgesucht hatte. Er war in der Nacht vom Mittwoch auf Donnerstag vom Felsen gefallen. Am Mittwoch erscheint der Hochschwarzwaldkurier. Das heißt, Leuchter musste sich nun eine Woche in Geduld üben, ehe er seine Geschichte platzieren konnte. Und weil die Polizei ihre Pressemitteilung zu dem Ereignis bereits am Freitag verschickte, stand die Geschichte natürlich am Samstag in der Lokalausgabe der Badischen Zeitung, während Leuchter seinen ganzen Vorsprung eingebüßt hatte. Zum Glück war die Polizei in ihrer Informationspolitik ausgesprochen knauserig. Sie teilte nämlich nur mit, dass beim Hirschsprung ein junger Mann aus einer Hochschwarzwaldgemeinde aus unbekannten Gründen auf die Bundesstraße gestürzt sei und dabei den Tod gefunden habe. Und mehr stand auch nicht in der Tageszeitung. All die schönen Details, dass es sich um einen Jäger handelte, dass er vom Hirschsprungfelsen herabgestürzt war, dass nicht ein

Auto ihn überfahren, sondern vermutlich der Sturz den Tod verursacht hatte, das hatte er am folgenden Mittwoch immer noch exklusiv. Und besonders stolz war er auf seine Überschrift: „Jägertod am Hirschsprung". Das hatte was.
Das fand auch ein Leser aus Neustadt, der am späten Mittwochnachmittag in der Redaktion auftauchte. Es war ein auffallend bleicher Kerl mittleren Alters, schwarz gekleidet wie ein Rabe, mit Prinz-Eisenherz-Frisur, einer großen, spitzen Nase und stechenden, dunklen Augen. Er wedelte mit der druckfrischen Ausgabe des Kuriers und baute sich vor Leuchter auf. Die beiden kannten sich, denn Leuchter kannte jeden Neustädter: „Ah! Marian Ziggl! Auch wieder mal im Lande? Schönen Tag auch. Welche Schandtat des Establishments führt dich diesmal zu mir?"
Die Ansprache war gerechtfertigt, denn Marian Ziggl hatte einen eigenartigen Ruf als Weltverbesserer und selbsternannter Schreibtischrevolutionär. Er war Sozialpädagoge und wirkte irgendwo in Freiburg an einem Nischeninstitut, das sich vom Tropf staatlicher Zuschüsse und von horrend überzogenen Unterrichtsgebühren ernährte und lauter verhaltensgestörte Absolventen in die Welt entließ. Im Hochschwarzwald hatte Ziggl nachhaltige Berühmtheit erlangt durch die Gründung diverser Initiativen zur Rettung der Jugend, durch Flugblattaktionen gegen Autos und Straßenbau, gegen Leuchtreklame im Stadtbild, gegen die laxen Sperrzeiten der örtlichen Gastronomie, gegen Hundehalter, die den Leinenzwang nicht einhalten, gegen Schneekanonen und das Beschneiden der städtischen Parkbäume sowie durch regelmäßige wüste Beschimpfung der örtlichen Gemeinderäte in zahlreichen Leserbriefen an den Hochschwarzwaldkurier und die Badische Zeitung.

Er hielt den druckfrischen Hochschwarzwaldkurier in die Höhe und zeigte theatralisch mit einem knochigen Zeigefinger auf die Titelgeschichte.
„Hier, das hier. Was ist das?"
Leuchter zog die Augenbrauen hoch. Alfred im Bürostuhl gegenüber spitzte die Ohren und führte die Lektüre des BZ-Lokalteils vom Tage nur noch dem Schein nach fort. In Wirklichkeit lauschte er gespannt.
„Das ist unsere aktuelle Ausgabe. Was gibt es daran auszusetzen?"
„Nichts!" Marian Ziggl ließ die Arme sinken. Mit hängenden Schultern stand er vor Leuchter. Sein schwarzes Jackett baumelte herab wie die lahmen Flügel einer Saatkrähe. Der bleiche Kopf mit dem wirren, schulterlangen schwarzen Haarschopf war leicht vorgeschoben. Ziggl schnaufte wie ein Racheengel, aber das tat er immer, denn er nahm sich immer wichtig. „Ich hab das gelesen", erklärte er und tippte auf Leuchters Aufmacher.
„Und?"
„Wer hat erzählt, dass der Tote ein Jäger war?"
Leuchter zuckte mit den Schultern. „Was spielt das für eine Rolle?"
„Das spielt eine sehr große Rolle. In der Badischen stand jedenfalls nichts davon. Ich habe schon vermutet, dass die Polizei diesen Sachverhalt bewusst unterschlägt."
Leuchter stützte mit dem Ellbogen den rechten Arm auf dem Schreibtisch auf und legte das Kinn in die Hand. Von unten herauf schaute er den Besucher skeptisch an. „Ich verstehe nicht, auf was du hinaus willst, Ziggl. Die Polizei hat ein paar Informationen gegeben, wir haben ein bisschen recherchiert, und so ist der Artikel zustande gekommen."

„Also hat die Polizei von dem Jäger nichts gesagt?"
„Ich kann dir gerne die Pressemitteilung zeigen, die die Polizei verschickt hat. Dort steht in der Tat nichts vom Jäger drin. Aber wir haben es ja trotzdem herausgefunden."
„Seht ihr! Das hat die Polizei vertuscht, wie ich vermutet habe." Ziggl schlug sich mit der Faust der rechten in die offene linke Hand.
Alfred räusperte sich. Er hatte aufmerksam zugehört. Leuchter war etwas entgangen, aber Alfred hatte es bemerkt. Er sah zwar schusselig aus und er hatte auch die schusselige Motorik eines Autisten, aber er konnte trotzdem scharf denken und logisch kombinieren. „Ähm! Darf ich mal was fragen?"
Leuchter und Ziggl wandten die Köpfe zu ihm. Alfred sprach Ziggl an: „Gerade eben haben Sie gesagt, Sie hätten den Verdacht gehabt, die Polizei wolle den Jäger unterschlagen?"
„Ja!"
„Und diesen Verdacht hatten Sie bereits, bevor Sie unseren Artikel gelesen haben?"
„Das ist richtig!"
„Das heißt" – jetzt nahm Alfred die Pose eines Anklägers ein – „Sie haben vorher schon gewusst, dass der Tote ein Jäger war?"
Leuchter reckte sich gespannt. Alfred blickte Marian Ziggl fordernd ins Gesicht. Der fühlte sich aber überhaupt nicht ertappt: „Selbstverständlich, ich war ja auch dabei!"
„Wie, Sie waren dabei?"
„Ich war doch dabei, als der Jäger vom Felsen fiel. Ich habe ihn doch gefunden. Ich habe auch die Polizei alarmiert. Wusstet ihr das nicht?"
Jetzt waren Leuchter und Alfred sprachlos. Leuchter fand als erster die Fassung wieder. Er schob Ziggl einen Stuhl hin. „Erzähl mal, das ist ja hochinteressant."

Marian Ziggl erzählte von seinem nächtlichen Erlebnis auf der B 31 beim Hirschsprung. Alfred und Leuchter schrieben eifrig mit. Dazwischen stellten sie kurze Fragen. Leuchter schüttelte fortwährend ungläubig den Kopf. Marian Ziggl endete: „... und da der Kerl eine Jägertracht trug, Hose, Jacke, Hemd, alles waidmannsgrün, da war mir natürlich klar, dass es sich um einen Jäger handelt."
„Und jetzt kommt's!" Er fuchtelte wieder wild mit den Armen. „Die Polizei hat das nicht öffentlich gemacht, weil sie Angst vor der Jägerzunft hat. Die sind irgendwie im Geiste verbrüdert. Und die Jäger sind eine Macht. Eine Lobby. Da darf es keine Negativ-Schlagzeilen geben!"
Leuchter äußerte sich nicht weiter zu dieser Theorie. „Du hast wohl was gegen Jäger?"
Das war das falsche Stichwort, denn jetzt kam Marian Ziggl in Fahrt: „Die Jagd ist doch heutzutage nichts anderes als ein Massaker an fühlenden und wehrlosen Lebewesen. Sie hat nur einen Zweck, dem Vergnügen der Jäger zu dienen. Ich sage es: der sogenannte Jagdsport ist Barbarei."
Alfred, der überhaupt keine Ahnung von der Jagd hatte und gewiss war, dass bei ihm ein Gewehr entweder gar nicht oder in die falsche Richtung losgehen würde, wagte eine vorsichtige Intervention: „Aber die Jagd ist doch notwendig, um überschüssige Exemplare zu eliminieren. Das ist doch Artenschutz und Umweltschutz."
Ziggl grinste diabolisch. „Auf diese Argumente habe ich gewartet. Leute wie Sie fallen doch immer wieder auf die Nebelkerzen der Jägerlobby herein. Es lässt sich doch nicht ernsthaft behaupten, dass die Jagd zur Bestandsregulierung notwendig ist. Die Natur reguliert sich immer selbst. Die Jäger sollen nicht so tun, als müssten sie nun, um bei Rot- und Schwarzwild für so genannte natürliche Populationsgrenzen

zu sorgen, die Rolle der Beutegreifer von Tieren wie Bär, Luchs oder Wolf übernehmen, die sie selber schon vor Jahrzehnten ausgerottet haben. Es ist ein Skandal und ein juristischer Irrsinn, dass heute von Gesetz wegen die Jäger Vorrang vor allen anderen Mitgliedern der Gesellschaft haben, heutigen und künftigen, die ebenfalls die Schönheit und lebendige Existenz wildlebender Tierwelt genießen wollen."

Ziggl hatte sich so in Rage geredet, dass man ihn bremsen musste. Vor allem hatte er sich vom eigentlichen Thema entfernt. Leuchter und Alfred versuchten deshalb mit vereinten Kräften, das Gespräch wieder auf den Toten vom Hirschsprung zu lenken, aber Ziggl befand sich gerade auf der argumentativen Pirsch und wollte die Fährte nicht mehr loslassen. So breitete er laut seine Theorien zur Jagd aus und Leuchters und Alfreds Interventionen blieben erfolglos, bis Alfred einen Vorschlag zur Güte machte: „Also hören Sie mal. Ihr Thema ist für eine Jagdregion, wie der Hochschwarzwald es ist, ja besonders interessant und spannend. Wir könnten doch die Streitfrage „Was ist Jagd und für was ist sie gut?" mal ganz groß im Hochschwarzwaldkurier aufgreifen. Vielleicht machen wir auch eine Podiumsdiskussion dazu, mit Experten und Vertretern aller Parteien. Da können Sie Ihr Anliegen ganz breit vor einer großen Öffentlichkeit darlegen. Sie müssten aber auch zu einer kleinen Gegenleistung bereit sein."

„Und die wäre?"

„Sie müssten uns helfen, in dem Hirschsprung-Fall etwas weiterzukommen. Wären Sie bereit, mit uns an den Unglücksort zu fahren, damit wir dort ein paar Aufnahmen machen können und dann vielleicht gemeinsam mal rund um den Felsen auf Spurensuche gehen."

Das war für Marian Ziggl keine Frage. Er sagte sofort zu. Sie verabredeten sich für die nächsten Tage. Und als Ziggl endlich die Redaktion verlassen hatte, nicht ohne das Versprechen, demnächst etliche Aktenordner mit Infomaterial zum Thema Jagd vorbeizubringen, klopfte Leuchter Alfred auf die Schulter. „Das war wirklich clever. Den halten wir uns jetzt warm. Und die Polizei muss jetzt noch ein paar Informationen ausspucken. Sonst wird der nächste Artikel unerfreulich für sie."

ALFRED AUF DER PIRSCH

Das Nachtleben im Hochschwarzwald bietet einem jungen und alleinstehenden Kerl wie Alfred nicht unbedingt die riesige Abwechslung. Neuerdings wurde in Neustadt in der Nacht zwischen 0.30 Uhr und 5 Uhr in allen Wohngebieten die Straßenbeleuchtung abgeschaltet. Die größte Stadt des Hochschwarzwaldes unterschied sich damit in nichts mehr vom unbeleuchteten Jostal.

Es gab keine Kneipe in Neustadt und Umgebung, die Alfred in den letzten zwei Jahren nicht gründlich erforscht hätte. Generell hatte er dabei einen überproportionalen Männerüberschuss ausgemacht. Das war natürlich nicht ideal für einen brünstigen Mitzwanziger. In Linus, einem selbstständigen Versicherungsmakler, hatte Alfred einen Leidensgenossen gefunden. Linus war Single, blond, solariumgebräunt, hielt sich zu Hause mit einem Laufband und diversen Gewichtsmaschinen fit, lebte von den Provisionen überteuerter Lebens-, Unfall- und Krankenversicherungen, die er jedermann in seinem Freundes- und Bekanntenkreis unterjubelte, und langweilte sich in seiner Freizeit. Alfred erinnerte sich nicht mehr genau, wann er Linus das erste Mal begegnet war. Irgendwie saß er immer in denselben Kneipen wie Alfred und irgendwie gehörte er immer zu den Letzten, die im Morgengrauen die Barhocker räumten. Irgendwann kannten sie gegenseitig ihre Gesichter, irgendwann kannten sie ihre Namen und irgendwann duzten sie sich. Sie gewöhnten sich daran, sich gemeinsam zu langweilen. Bald waren sie Kumpel.

„Sie sah jedenfalls sehr gut aus. Irgendwie keusch!“ Alfred erzählte von der ungewöhnlichen Redaktionsbesucherin Monika Rose.

„Wieso hast du dich nicht mit ihr verabredet?" wollte Linus wissen.
„Sie ist verlobt. Sie liebt ihren Heini!"
„Na und? Bald wird sie merken, dass er sie betrügt." Linus stopfte sich einen Bissen Pizza in den Mund und spülte mit Fürstenberg-Bier nach.
Sie saßen an der Theke der Pizzeria Rusticana am Hirschenbuckel in Neustadt und füllten sich die Mägen. Falls es eine lange Nacht werden sollte, brauchte man eine Grundlage.
„Sie ist überzeugt, dass er sie nicht betrügt!" Während er antwortete, rutschte Alfred seitlich vom Barhocker und hämmerte mit der Gabel in der Faust gegen den Play-Knopf am Geldspielautomaten. „Mist", fluchte er, als die Leuchtanzeige wieder eine Niete anzeigte. Die Speicheranzeige blinkte. Alfred hatte noch 20 Cent Guthaben. Er legte die Gabel beiseite und nestelte einen 10-Euro-Schein aus der Hosentasche, um ihn in den Spielautomaten zu stopfen. Es brauchte mehrere Versuche, weil der Geldschein so zerknittert war. Er breitete ihn auf der Theke aus und strich ihn glatt. Endlich sprang der Spielautomat wieder an. Alfred hievte sich wieder auf den Barhocker, drehte dem Automaten den Rücken zu und widmete sich wieder seiner Pizza.
„Was willst du jetzt mit ihrer Geschichte machen?"
Alfred zuckte mit den Schultern: „Weiß nicht!"
„Das nennst du recherchieren?"
Alfred blinzelte seinen Thekennachbarn mit dem mitleidigen Blick eines Bankers an, der soeben einen wahnwitzigen Kreditantrag ablehnt. „Was weißt du schon vom Recherchieren?"
Linus stützte die Ellbogen auf die Theke und rückte näher an Alfred heran, blickte ihm von unten in die Augen und meinte gedehnt: „Na immerhin weiß ich, dass man an der Theke in der Pizzeria keine ungelösten Fälle aufklärt."

Weiterhin Pizza kauend schüttete Alfred einen großen Schluck Bier in sich hinein und betrachtete sich im Spiegel jenseits der Theke. Was sollte er mit Linus diskutieren? Der hatte sowieso keine Ahnung.

Linus ließ nicht locker: „Du hast doch ihre Adresse. Da, wo sie mit ihrem Typen wohnt. Diesem Polizisten! Fühl dem doch mal auf den Zahn. Du könntest ihn beschatten.“ Linus fand seine Idee so gut, dass er zur Bekräftigung ein weiteres untertassengroßes Stück Pizza zwischen die Zähne schob. Er pflegte seine Pizzen hinunterzuschlingen wie ein Raubtier. Es reichte ihm, fünf bis sieben große Stücke herauszuhacken und sie in den Schlund zu stopfen. Jeden dieser Brocken spülte er mit einem halben Glas Bier hinunter.

„Iss doch langsam und mit Genuss“, forderte Maria ihn auf, die Chefin der Pizzeria, die hinter der Theke stand und das Massaker auf Linus' Teller nicht mehr mit ansehen konnte. Maria war eine schon etwas reifere Italienerin, den bubenhaften Flirtversuchen von Linus und Alfred jederzeit gewachsen, ohne sie sich gänzlich zu verbitten. Aber eigentlich balzten die beiden eher um das weibliche Bedienungspersonal, um die jungen Mädchen und Frauen, die normalerweise hinter der Theke standen und Getränke ausgaben. Die konnten sich schlecht wehren, denn sie waren ja an ihren Arbeitsplatz gefesselt. Und erst einmal in Form, konnten Alfred und Linus mächtig schmachten. Man muss sich einen ganzen Abend an der Theke der Pizzeria vorstellen. Erst wird etwas gegessen, das ist bald erledigt. Dann bespricht man das Neueste vom Tage, das ist auch bald durchgekaut. Und dann? Dann bleiben nur noch die Fräuleins hinter der Theke, damit es einem nicht langweilig wird.

Aber wenn, so wie an diesem Abend, die Mädchen ihren freien Tag hatten, und die Chefin persönlich hinter der Theke

stand, wussten Linus und Alfred sich zu benehmen. Außerdem hatten sie ja ein Gesprächsthema.
„Wie stellst du dir das vor, ihn beschatten?“ fragte Alfred.
„Schaust du keine Krimis?“
Alfred verzog das Gesicht zu einer Grimasse: „Soll ich ihn im Auto verfolgen?“
„Warum nicht?“
„Ich fahr also da hin, zu seiner Adresse, verstecke mich irgendwo, von wo aus ich seine Haustüre beobachten kann, und wenn er herauskommt, dann hefte ich mich an seine Fährte. Ist es das? Meinst du das mit beschatten?“
„Exakt!“ Linus grinste. „Ich helfe dir. Ich bin dabei!“
Es war ganz sicher eine Schnapsidee. Aber wie es mit Schnapsideen so ist, erst einmal in die Welt gesetzt, erwachen sie auch bald zu Leben. So diskutierten Alfred und Linus zwar noch eine Weile um das Thema herum, aber schließlich schritten sie zur Tat. Auf zur Beschattung!
Sie hatten Glück: Mark Hoffmann wohnte am Fullberg in Neustadt, und zwar in einem Haus, dessen Grundstück direkt an den Waldrand grenzte. Die Straße, die dort hinführte, endete als Sackgasse, voll gestellt mit parkenden PKW, abgestellten Wohnmobilen und einer angerosteten Planierraupe. Letztere rostete trostlos vor sich hin, offensichtlich übrig geblieben von irgendeinem Bauprojekt in der Nachbarschaft. Jedenfalls gab es genug Deckung für Alfreds roten Sportwagen und auch für Linus silbernen Porsche. Denn selbstverständlich fuhr jeder der beiden in seinem eigenen Wagen. Auch in diesem Punkt hatten zwei Brüder im Geiste sich gefunden. Alfreds Heiligtum war sein rotes Sportwagencabriolet, und es hätte schon der Himmel einstürzen, die Sintflut über ihn kommen oder sonst eine Katastrophe die Welt ereilen müssen, ehe er freiwillig bereit gewesen wäre, irgendeinen Weg,

und sei er noch so kurz, zu Fuß zu gehen. Ähnlich war Linus gestrickt. Er leistete sich privat wenig Luxus, bis auf seinen gebrauchten Porsche 911, silberfarben. Auch Linus wäre im Traum nicht eingefallen, das Fahrzeug jemals stehen zu lassen. Also fuhren sie beide jeweils im eigenen Wagen zu Mark Hoffmanns Adresse. Jetzt saß Alfred in seinem roten Sportwagen auf der linken Straßenseite und blickte zum Haus hinauf, in dem irgendwo Mark Hoffmann wohnte, und Linus saß in seinem Porsche auf der rechten Straßenseite, von wo aus er zwar das Haus nicht sehen konnte, dafür aber Überblick über die ganze Straße hatte. Sie hielten sich gegenseitig per Handy auf dem Laufenden über das, was sie sahen.

„Im Untergeschoss ist ein großes Fenster zum Garten hin beleuchtet. Das Hauptgeschoss ist dunkel, im Dachgeschoss brennt hinter einer Fensterluke Licht", funkte Alfred über die Straße.

„Was schließt du daraus?" funkte Linus zurück.

„Ich vermute, da Mark Hoffmann mit seiner Verlobten noch nicht lange in Neustadt lebt, dass er zur Untermiete wohnt. Also vermutlich im Erdgeschoss."

„Dann gehört das Licht zum Garten hin zu seiner Wohnung."

„So ist es!"

Mit dieser Erkenntnis blieben sie für die nächste halbe Stunde allein, denn weiter passierte vorerst nichts.

Dann gab Linus Alarm: „Ein Auto kommt!"

Alfred hatte es ebenfalls schon bemerkt. Inzwischen war es etwa 22 Uhr und in dieser abgelegenen Wohngegend herrschte so gut wie kein Verkehr mehr. Seit sie sich auf die Lauer gelegt hatten, hatte sich kein einziger Mensch auf der Straße blicken lassen und es war auch kein Auto gefahren.

Alfred machte sich hinter dem Lenkrad klein und versuchte, im Sitz zu versinken. Wer auch immer herangefahren kam, er

brauchte ja nicht gleich zu sehen, dass hier jemand in einem parkenden Auto saß und das Haus beobachtete.
Das fremde Auto erreichte das Ende der Sackgasse, wendete und blieb dann stehen. Alfred hörte das Geräusch einer sich öffnenden Autotür. Dumpf quollen hämmernde Beats aus einer Lautsprecheranlage herüber.
„Ich kann nichts erkennen, was passiert da gerade?“ flüsterte Alfred in sein Handy, so als bestünde Gefahr, jemand könne ihn hören.
„Ein Kerl ist ausgestiegen“, informierte Linus, der jetzt den besseren Beobachtungsposten hatte. „Er geht zum Haus hinüber. Er steigt die Treppen hinauf. Jetzt kann ich ihn nicht mehr sehen. Ich glaube, er ist im Haus verschwunden.“
Auf der Straße stand immer noch mit laufendem Motor, quäkenden Lautsprechern und hellen Scheinwerfern das fremde Auto. Alfred reckte den Kopf und linste zum Seitenfenster hinaus. „Der holt jemanden ab, sonst hätte er anständig geparkt!“ kombinierte er in sein Handy hinein.
Es vergingen ein paar Minuten, dann hörten sie Stimmen. Alfred bemerkte, dass im Haus das Licht im Untergeschoss noch brannte. Vielleicht blieb Monika Rose in der Wohnung und ihr Verlobter wurde von dem Besucher abgeholt. „Sie kommen!“ warnte er ins Handy hinein. „Hör ich selber!“ blaffte Linus zurück.
Es gelang Alfred, einen Blick zu erhaschen, ehe er wieder zur Fußmatte hin abtauchte. Ganz eindeutig: Mark Hoffmann kam die Treppe herunter, in Begleitung von Stefan Rickert, seinem unsympathischen Polizeikollegen. Hoffmann trug Jeans und eine auf alt geschrubbte Lederjacke. Rickert war ebenfalls nicht in Uniform erschienen. Ein quietschbuntes T-Shirt spannte über seinem Bauch. Er trug ebenfalls Jeans. Anscheinend waren die beiden nicht im

Dienst. Sie bestiegen Rickerts wartendes Auto und fuhren los.
„Hör zu, Linus, ich muss erst ausparken und steh auch noch falsch herum. Ich muss erst wenden. Fahr du schon mal hinter den beiden her, damit wir sie nicht aus den Augen verlieren“, kommandierte Alfred in sein Handy hinein.
Linus hatte den Porsche schon gestartet. Der 911er brummte zufrieden und rollte hinter dem Wagen der beiden Polizisten her, wie ein Raubtier, das seine Kräfte mühsam unter Kontrolle hält.
Im Hochschwarzwald rechnet niemand damit, dass er von zwei Sportwagen verfolgt wird. So schöpften auch die beiden Polizisten keinen Verdacht, als ihnen in kurzem Abstand erst der Porsche von Linus, dann der rote Flitzer von Alfred folgten, zunächst die Rudenberger Straße hinauf, dann über den Berg nach Rudenberg, durch den kleinen Ort hindurch Richtung Friedenweiler, weiter zur B 31, von dort an Rötenbach vorbei nach Löffingen und dort schließlich über die B 31-Ausfahrt ins Gewerbegebiet an der B 31. Dort hielten die beiden Verfolgten auf einem hell beleuchteten Parkplatz an. Er gehörte zu einem futuristischen neuen Industriebau, der von innen neongelb und aquariumblau leuchtete. An der Frontseite zum Parkplatz hin blitzte in konvulsivischen Zuckungen die Leuchtreklame einer Kneipe: Zum Wilddieb. Das Gebäude mit seinen Farben und seinem äußeren Erscheinungsbild passte zum Namen der Kneipe wie rosa Latex zu einer bayrischen Lederhose. Alfred erinnerte sich, dass sie im Hochschwarzwaldkurier diese neue Kneipe erst vor einigen Wochen als Neueröffnung vorgestellt hatten. Der immerfleißige freie Mitarbeiter aus Löffingen hatte geschrieben, es handele sich um den Versuch, modernen Zeitgeist und Hochschwarzwälder Traditionsbewusstsein zu vereinen.

Das interkommunale Gewerbegebiet Löffingen ist eine Schöpfung der späten neunziger Jahre. Es heißt interkommunal, weil Löffingen alleine niemals eine so große Fläche Gewerbegebiet hätte ausweisen dürfen und deshalb einige Nachbargemeinden, denen es an geeigneten Flächen mangelte, einen Teil ihrer rechnerischen Flächenkontingente nach Löffingen abgegeben haben. Ein bunter Mix an soliden heimischen Handwerksbetrieben, mutigen Neugründungen und von anderswo abgeworbenen Unternehmen hat sich hier in den letzten Jahren angesiedelt, darunter auch die eine oder andere couragierte Architektur. Das neueste Gebäude in diesem Gewerbepark war jener Glas- und Stahlwürfel, der von innen in grellen Farben leuchtete und in dessen Erdgeschoss die Kneipe Zum Wilddieb eröffnet hatte. Die Kneipe leuchtete zwar wie ein Casino in Las Vegas, aber nach den wenigen Autos auf dem Parkplatz zu schließen, war drinnen nicht viel los. Im Obergeschoss des Leuchtwürfels hatte der Architekt sein Büro und unter dem Dach saß als weiterer Mieter eine etwas schillernde „Media-Agentur", von der niemand so recht wusste, was sie trieb und ob sie überhaupt irgendwie Geld verdiente.
Alfred und Linus hatten ihre beiden Wagen nebeneinander geparkt und gewartet, bis die beiden Polizistenkumpel in der Kneipe verschwunden waren. Dann stiegen sie aus und beratschlagten: „Sollen wir reingehen?"
Alfred winkte ab: „Lieber nicht. Die beiden kennen mich ja von ihrem Besuch in der Redaktion. Sie könnten Verdacht schöpfen."
„Mich kennen sie nicht. Ich könnte hineingehen, ein Bier trinken, und beobachten, was sie treiben. Ich halte dich über Handy auf dem Laufenden."
Die Idee war gut. Einziger Nachteil war, dass Alfred ohne Getränk draußen warten musste. Er drehte sich eine Zigarette,

lehnte sich ans Heck seines Sportwagens, betrachtete den Sternenhimmel, der allerdings gegen die zuckenden Lichter am Wilddieb-Haus abstinken konnte, und wartete ab.

Bald kam die erste SMS von Linus: „Nix los. 4 Gaest."

Gemütlich schlenderte Alfred auf dem Parkplatz auf und ab. Nebenan flitzten auf der B 31 die Fahrzeuge vorbei. Es war eine milde Nacht, und wenn gerade kein Auto die Ruhe störte, konnte man die Grillen zirpen hören. Alfred wurde es langweilig. Er studierte die Speisekarte vor dem Eingang der Kneipe. Sie war auf die Imitation einer halb angesengten Urkunde aufgedruckt und sollte wohl so etwas wie historische Authentizität vermitteln. Dem widersprach aber gänzlich der hell angestrahlte Glaskasten, in dem die Speisekarte an einer Drahtkonstruktion hing, die vage an ein Hochseiltrapez erinnerte. Missmutig schüttelte Alfred den Kopf. Er hatte nun wahrlich nichts mit Heimattümelei am Hut und zünftige Traditionen waren ihm ein Gräuel. Aber hier fand eine offenkundige Vergewaltigung statt. Die Speisekarte selbst bestätigte seinen Verdacht. Sie hieß „Wilderer-Karte" und barg vom Wilderer-Cocktail über den Wilderer-Toast bis hin zur Wilderer-Platte alle Hauptverdächtigen der auch im Hochschwarzwald grassierenden gnadenlosen Erlebnis-Gastronomie. Außer Pommes Frites schien der Koch von Beilagen noch nichts gehört zu haben, auch Gemüse kam auf seiner Karte nicht vor. Dafür Fleischbrocken aller Art. Dutzende Varianten von Hirschsteak, die sich jeweils durch die Namen unterschieden: „Hirschsteak Wutachschlucht", „Hirschsteak Schwarzwaldpark", „Hirschsteak Bärental" und durch die in Klammer aufgeführte Gewichtsangabe dahinter. Die Portionen begannen mit „mind. 200 Gramm" und endeten bei „mind. 800 Gramm", der so genannten „Wilddiebportion". Außerdem viel Wildschwein, Hasen, Reh und Gämsen. Immerhin war das Bemühen zu er-

kennen, den Namen der Kneipe irgendwie mit der Speisekarte in Einklang zu bringen.
Eine Überraschung boten die Preise. Der „Wilddieb" war ausgesprochen günstig. Kein einziges Menü kostete über zehn Euro. Selbst die „Wilddiebportion" war für 9,90 Euro zu haben. Ganz unten stand auf der Speisekarte: „Inhaber: Dieter Rickert". Bei Alfred machte es „Klick". Auch Mark Hoffmanns Kumpel hieß Rickert. Dieter Rickert und Stefan Rickert. Vielleicht waren es Brüder.
Das Handy brummte. Von Linus traf eine zweite SMS ein: „Bespr. m. Wirt, dann i. Hi-Zi. verschw." Das war das Dilemma der SMS-Kommunikation, dass stets nur Stümmel-Formulierungen übermittelt wurden. Was wollte Linus ihm sagen? Alfred seufzte und schickte eine Antwort: „Was ist?"
Drei Minuten später kam Linus aus der Kneipe heraus. Er winkte Alfred zu sich. „Hast du meine SMS nicht gekriegt?"
„Doch, aber nicht verstanden?"
„Ach so!" Linus machte ein Gesicht, als täte ihm Alfreds Begriffsstutzigkeit leid. „Ich wollte dir nur melden, dass die beiden in einem Hinterzimmer verschwunden sind. Davor haben sie die ganze Zeit mit dem Wirt geredet. Das ist der Kerl, der hinter der Theke steht."
Alfred erwähnte seine Vermutung, dass es sich beim Wirt vielleicht um einen Bruder von Mark Hoffmanns Kumpel handelte. Da er darüber hinaus schon die Geduld verloren hatte, schlug er vor, die Beschattung abzubrechen. „Das bringt sowieso nichts!"
Linus war anderer Meinung, obwohl ihn die ganze Geschichte ja eigentlich nichts anging: „Die hecken irgend etwas aus, das sage ich dir. So wie die miteinander getuschelt haben. Jedes Mal, wenn ich die Ohren gespitzt habe, sind sie ganz leise geworden. Die haben was zu verbergen, glaub mir!"

„Ich hab aber keinen Bock, die ganze Nacht hier draußen herumzustehen“, murrte Alfred. Sie einigten sich auf einen Kompromiss. Linus sollte die Beschattung noch fortsetzen, bis die beiden Beobachteten wieder aus dem Hinterzimmer kamen. Damit es Alfred nicht noch weiter langweilig wurde, wollte er solange in der zweiten Kneipe warten, die es in diesem Gewerbegebiet noch gab. Das war das „B 31-Projekt“, eine Mischung aus Pizzeria, Spielothek und Cocktail-Bar am anderen Ende des Gewerbegebietes. Dort herrschte wenigstens etwas mehr Betrieb und es bestand sogar die Chance, jemanden zu treffen, den man kannte. Sie vereinbarten, weiterhin über Handy in Kontakt zu bleiben.
Das funktionierte ganz gut. Während Alfred im „B 31-Projekt“ endlich zu seinem Bier kam und sich weiterhin die Zeit damit vertrieb, Zigaretten zu drehen, hielt Linus noch eine weitere halbe Stunde auf seinem Beobachtungsposten im „Wilddieb“ aus.
Das Handy blieb stumm. Alfred saß an der Bar und beobachtete die Gäste. Aus dem Nebenraum schepperten und fiepten die elektronischen Spielautomaten. Blödmacher für die Landjugend. Mäßiger Betrieb in der Bar: Einige Pärchen, drei junge Fußballer vom FC Löffingen, die über die Aussichten für das anstehende Derby gegen den FC Neustadt philosophierten, zwei Frauen, vielleicht knapp über dreißig aber auffällig hübsch, so dass Alfred unruhig wurde, und ein-zwei Einzelgänger, die wie er an der Theke herumhingen. Klar, dass Alfred sich auf die beiden Frauen konzentrierte. Sie gefielen ihm. Beide hatten buschiges Lockenhaar, die eine eher rötlich, die andere eher braun. Beide waren schlank, rund an den richtigen Stellen, hatten klare, kluge Gesichter und strahlten eine gewisse Reife aus. Sicher waren sie ein paar Jährchen älter als Alfred. Aber das ließ ihn auf seinem Barhocker nur

umso zappeliger werden. Sie saßen an einem kleinen Zweier-Tisch, nahe genug an Alfreds Thekenplatz, so dass er ein paar Gesprächsfetzen auffangen konnte. Es schien, als unterhielten sie sich über Kunst. Irgendeine Ausstellung. Bildhauerei. Skulpturen. Schaufenster.

Einer der herumlungernden Einzelgäste setzte sich auf den freien Barhocker neben Alfred. „N'Abend!"

Das war lästig. Eine Störung. Alfred wollte sich nicht umdrehen, sondern weiterhin Front zum Frauentisch machen. Könnte ja sein, dass Blickkontakt zustande kam. Könnte ja sein, dass daraus eine Gelegenheit zum Anquatschen wurde. Könnte ja sein, dass sich daraus Kennenlernen entwickelte. Und danach war aus Erfahrung alles möglich ...

Aber der blöde Typ nebenan blieb lästig. „Auch 'ne Erdnuss?" fragte er und schob Alfred ein Schüsselchen voller Erdnüsse hin.

„Danke!" Alfred griff zu und warf einen knappen Blick auf seinen neuen Nachbarn. Ein schon etwas älterer Herr, Mitte bis Ende Vierzig, ein schütterer aber noch dunkler Haarkranz, der hinten in den Kragen hinein ausfranste, ließ eine einstmals vielleicht etwas fülligere Langhaarfrisur erahnen. Jetzt war es nur noch ein Restbewuchs. Der Typ trug eine dunkle Sonnenbrille. Und das kurz vor Mitternacht im Neonlicht einer Nachtschwärmer-Kneipe im Löffinger Gewerbegebiet. Alfred studierte die ganze Erscheinung: Schwarze Jeans, schwarzes Hemd, ein orangefarbener Seidenschal, Turnschuhe, die Sonnenbrille, – neben dem Bierglas auf der Theke ein Schlüsseletui mit den Autoschlüsseln. Porsche!

„Kennst du die beiden?", fragte der Typ, ohne sich vorzustellen, und machte mit einem Nicken des Kinns in Richtung Frauentisch deutlich, wen er meinte.

„Leider nein", gab Alfred zu. „Ich bin zum ersten Mal hier."

Der andere grinste und winkte den beiden Frauen zu. Die grüßten zurück. Man kannte sich also.
„Das eine ist die Luzy, das andere die Susi!"
Als ob die Namen irgendetwas geklärt hätten, kommentierte Alfred befriedigt: „Aha!"
„Künstlerinnen!" schob der Thekennachbar hinterher, in einem Tonfall, der deutlich machte, was er von diesem Berufszweig hielt. Nämlich wenig.
„Und wer bist du?" entschloss sich Alfred nun zur ernsthaften Kontaktaufnahme. Da der andere die beiden Frauen kannte, konnte er ja vielleicht als Brückenkopf dienen.
Der Typ schob Alfred die rechte Hand hin: „Konhäuser! Sag Hansi zu mir!"
„Angenehm. Ich bin Alfred!"
Hansi Konhäuser aus Löffingen. Einzelhändler. Inhaber eines Mode- und Jeansladens. „Man sagt auch Modezar von Löffingen zu mir", prahlte Konhäuser.
„Noch nie gehört!" erwiderte Alfred brummig. Er wollte eigentlich lieber über die beiden Frauen reden. Aber der Modezar von Löffingen bestimmte Art und Inhalt der Unterhaltung: „Wer bist du, was machst du?"
Es blieb Alfred nichts anders übrig, als ein paar Brocken eigene Biographie hinzuwerfen. Nachdem er sich als Redakteur des Hochschwarzwaldkurier geoutet hatte, wurde Hansi Kohnhäuser regelrecht lebhaft.
„Ich kenne den Leuchter. Ist der noch da?"
„Ja, das ist mein Chef!" Alfred blies Rauch aus der Selbstgedrehten gegen die Decke und vermeinte, hinter dem Nebel einen Blickkontakt zur Rothaarigen realisiert zu haben. War das Luzy oder Susi? Sie lächelte. Alfred lächelte zurück, nein, er grinste sein Lausbubengrinsen. Das kam immer an, vor allem bei den etwas reiferen Frauen. Die beiden an ihrem

Zweiertischchen schauten herüber. Beide lächelten. Jetzt standen sie sogar auf. Tolle Figuren. Sie kamen direkt auf Alfred zu. Er bekam schwitzige Hände, spürte, wie ihm Röte aus dem Kragen übers Gesicht kletterte. Sie kamen tatsächlich.
„Hallo Hansi! Auch hier?“ Susi hatte gesprochen. Luzy beugte sich nach vorne und begrüßte Hansi Kohnhäuser sogar mit Küsschen. Vertraute Begrüßungsfloskeln und Bussis wurden ausgetauscht. Man kannte sich. Alfred saß belämmert daneben und kam in der ganzen Zeremonie überhaupt nicht vor. Bis Hansi sich leicht zu ihm hindrehte und ihn gönnerhaft einbezog: „Das hier ist Alfred, Redakteur beim Hochschwarzwaldkurier in Neustadt.“
Alfreds Charmegrinsen kam wieder zum Vorschein.
„Ach, das Blättle?“ sagte Luzy, und das Grinsen gefror.
„Steht da auch mal was über Löffingen drin?“, mäkelte Susi, und Alfred stellte aus der Nähe fest, dass ihm ihre Katzenaugen gefielen, ebenso ihr sinnlicher Mund.
„Ihr könntet mal etwas über die Kulturszene schreiben.“
„Mehr über unsere Ausstellungen. Mehr über heimische Künstler.“
„Die ganze Szene ist doch unheimlich spannend.“
„Niemand weiß, wie schwer es junge Künstler heutzutage haben.“
Ein ganzer Wasserfall von Vorschlägen prasselte herab und Alfred beeilte sich, sie alle sehr gut und überlegenswert zu finden. Hauptsache das Gespräch blieb in Gang. Hansi Konhäuser bereicherte es durch Vorschläge, auch intensiver als bisher über die Löffinger Modeszene zu berichten, so dass Alfred jedenfalls schwer in den Mittelpunkt gerückt wurde. Als Susi gerade, um einem Aspekt des kulturellen Lebens in Löffingen besonderen Nachdruck zu verleihen, ihre linke

Hand auf Alfreds Unterarm legte, ihn sanft drückte und so nahe heranrückte, dass er sie hätte küssen können, da geschah es – das Handy klingelte.

Der Zauber der kurzen Berührung verflog. Alfred verdrehte die Augen, um seinen Gesprächspartnerinnen zu signalisieren, dass er den Anruf als Belästigung empfand, aber notgedrungen eben annehmen musste.

Linus war dran.

„Was gibt's?" zischte Alfred ziemlich ungehalten.

„Die beiden sind wieder aufgetaucht." Linus flüsterte. „Stell dir vor, sie sind in Jägerklamotten. Beide haben eine Knarre auf dem Rücken."

„Eine Knarre?" Alfreds Stimme war so laut geworden, dass die Gruppe um ihn herum aufhorchte. Hansi Konhäuser kommentierte trocken: „So sind die Journalisten. Immer mitten im Getümmel!"

„Sie steigen jetzt auf dem Parkplatz in einen Geländewagen. Ich fahre hinterher. Könntest du mir folgen?" Es rauschte im Handy, und Alfred schloss daraus, dass Linus jetzt den „Wilddieb" verlassen hatte und sich irgendwo auf dem Parkplatz befand.

„Aber klar, selbstverständlich. Ich bin gleich hinter dir."

Während Alfred das Handy wieder in der Tasche verstaute, hatten Susi, Luzy und Hansi sich mit neuen Getränken eingedeckt. Für Alfred stand ein frisches Bier auf der Theke. Hansi Konhäuser deutete ein Nicken mit dem Kinn in Richtung Bierglas an und erklärte knapp: „Spendiert! Lass dir's schmecken!"

Susi stand nun links neben Alfreds Barhocker, sehr nahe bei ihm, sie berührten sich fast. Sehr angenehm. Luzy stand rechts von Alfred, zwischen seinem und Hansi Konhäusers Barhocker. Sie prosteten sich alle zu und es lief alles auf ein fröhliches Kennenlernen hinaus.

Hansi erzählte alte Geschichten von sich selbst und von seinen Erlebnissen mit Leuchter, als sie beide noch junge Heißsporne gewesen waren. Die Geschichten handelten vom Skifahren auf dem Feldberg und standen alle unter der Überschrift „Was waren wir damals doch für tolle Kerle!“ Im Tiefschnee abseits der Piste am Fahler Loch durch den Wald. Vom Feldbergturm auf verbotenen Strecken bis hinunter zur Bundeswehrkaserne Fahl. Unter der Schneewächte am Feldseekessel in die Tiefe, quer durch Lawinenhänge bis zum Naturfreundehaus. Da Alfred vom Skifahren keine Ahnung hatte, interessierten ihn die alten Schauergeschichten nicht wirklich. Stattdessen versuchte er zu interpretieren, was es bedeutete, dass Susi neben ihm immer näher rückte. Am Oberarm spürte er ihre Brüste, wenn sie sich vorbeugte und ihn leicht berührte. Mit dem Becken drückte sie gegen seinen Schenkel. Er erwiderte den Druck, um festzustellen, dass sie nicht zurückwich. Dabei hatte sie keine Not. Der Barhocker neben ihr war frei. Sie hätte ihn beiseite schieben und sich Platz schaffen können. Sie hätte sich darauf setzen und auch so Raum gewinnen können. Aber nein, sie zog es vor, hautnah Alfred auf den Leib zu rücken.

„Erzähl mal was von dir“, flüsterte sie ihm ins Ohr, so dass er eine Gänsehaut bekam und einen Ständer.

In diesem Augenblick klingelte erneut das Handy. Linus war dran: „Hey, wo bist du, ich sehe nichts von dir?“

Alfred: „Ich bin gerade erst losgefahren. Ich musste noch zahlen. Jetzt komme ich. In welche Richtung seid ihr gefahren?“

Linus: „Du hörst dich gar nicht wie losgefahren an. Was sind das für Geräusche im Hintergrund?“

Alfred: „Das Autoradio. Wo bist du?“

Linus: „Die beiden sind abgebogen, Richtung Dittishausen. Jetzt fahren sie in die Einfahrt zum Schwarzwald-Park. Ich muss Abstand halten, damit sie mich nicht bemerken. Ich glaube, sie wollen hier auf einen Feldweg."
Alfred: „Bleib dran! Ich komme gleich nach. Lass dich nicht abhängen." Er schaltete das Handy aus und stopfte es wieder in die Innentasche seines Jacketts. Susi war während des Gesprächs ein bisschen auf Distanz gegangen, so als wollte sie nicht stören. Bevor Alfred den alten Abstand wieder herstellen konnte, lenkten Hansi Kohnhäuser und Lucy ihn ab. Sie waren in ihrer Diskussion inzwischen, wie auch immer, beim Zustand der Löffinger Leichtathletik gelandet. Hansi Kohnhäuser beklagte energisch, dass es speziell bei den Weitspringern keinen gescheiten Nachwuchs in Löffingen gebe, um dann, wie nebenbei und ganz lässig, einzuflechten, dass er selbst seinerzeit in jungen Jahren locker im Weitsprung die Sieben Meter-Marke geknackt habe und noch heute den Kreisrekord halte. Wohl wissend, dass er niemals mithalten konnte, entschied Alfred sich für bewusstes Understatement. Er kokettierte lieber mit einem persönlichen Rekord von 3,70 Metern, einer Weite, die noch von den Bundesjugendspielen stammte.
Susi hatte offensichtlich kein Problem damit, dass neben ihr einer saß, der weder Skifahren noch Weitspringen konnte, und suchte wieder den Körperkontakt. Der Modezar von Löffingen registrierte es aufmerksam und bemerkte schmunzelnd: „Hey Susi, du stehst auf knusprige Jungredakteure, sehe ich das richtig?"
Während Alfred erneut die Röte ins Gesicht schoss, nahm Susi den Ball ganz unbekümmert auf. Sie bemerkte, indem sie Alfred die Wange tätschelte: „Er ist doch auch ein ganz Süßer, oder etwa nicht?"

Luzy, jetzt ebenfalls mit einer Hand auf Alfreds Knie, scherzte: „Aber er ist noch ein bisschen schüchtern."

„Und wenn zwei solche Nymphomaninnen auftauchen, wie ihr beide, dann weiß er nicht mehr, wohin mit seinen Händen", amüsierte sich der Modezar. Mit einem etwas anzüglichen Lachen streckte er selber beide Hände aus und fingerte durch die Luft: „Ich wüsste schon, wo ich hinfassen müsste ..."

In der Tat waren die Hände gerade Alfreds größtes Problem. Wohin damit? Susi war so nahe aufgerückt, dass jede Bewegung unweigerlich zweideutig werden musste. Entweder er geriet in die Gefahrenzone ihrer Brüste, oder er landete bei den Schenkeln. Das Handy klingelte!

„Jetzt schalte doch mal die doofe Kiste aus", schnurrte Susi, und es klang, als hätte sie gesagt: „Zieh dich schon mal aus!"

Alfred presste das Mobiltelefon ans Ohr: „Was gibt`s!"

„Alfred! Bist du dran? Wo bist du?" Es war Linus, sehr aufgeregt.

„Ja, ich bin dran. Ich bin ganz in der Nähe. Red schon, was ist los?"

Es flüsterte verschwörerisch im Handy: „Sie haben angehalten. Sie sind am Zaun zum Wildgehege des Schwarzwaldparks. Alfred, beeil dich. Ich glaube, sie brechen den Zaun auf. Sie haben Rohrzangen ausgepackt. Alfred, wo bist du? Ich sehe und höre nichts von dir? Beeile dich!"

„Ja, ja, ja" zischte Alfred zurück, ungehalten über die Störung. „Du kannst mich nicht sehen, weil ich den Scheinwerfer ausgemacht habe. Ich bin ganz in der Nähe. Mach dir keine Sorgen."

Eigentlich wollte Alfred das Handy wieder ausschalten. Doch kurz vor dem Knopfdruck vermeinte er, seltsame Geräusche und lautes Geschrei aus dem Handy zu hören. Er drückte es sich wieder ans Ohr. Lautes Rufen und Brüllen war zu hören:

„Wer ist da! Da hinten ist jemand! Hey, du da, rauskommen!"
Es waren Rufe von irgendwo aus der Nacht. Dazwischen Linus' gepresster Atem und der kurz heraus gequetschte Satz: „Alfred, komm schnell, sie haben mich entdeckt!"
Jetzt war Alfred hellwach und konzentriert: „Linus, was ist los? Was geht da vor?" Er sprang vom Barhocker und stand jetzt mitten in der Kneipe. Aus dem Handy hallten undefinierbare Geräusche. Es klang nach wildem Getümmel. Plötzlich krachte ein Schuss. Dann herrschte Stille!
Alfred stand konsterniert im Raum und stierte auf das Mobiltelefon in seiner Hand, so als müsste noch mehr herauskommen. Dann drehte er sich zu Hansi Kohnhäuser und den beiden Frauen um, die ihn gespannt und leicht besorgt beobachteten.
„Ist was?" fragte Hansi Konhäuser.
„Ich muss sofort los", erwiderte Alfred und stürmte zur Tür hinaus.
Den Weg zum Schwarzwaldpark kannte er. Vom Gewerbegebiet waren es nur ein paar Kurven. Schon bog er mit quietschenden Reifen auf den Parkplatz des Wildparkes ein. Alles finster! Da! Da hinten die Abzweigung! Das musste der Waldweg sein, von dem Linus gesprochen hatte. In diesem Augenblick kam aus eben jenem Waldweg ein Fahrzeug herausgeschossen, die Scheinwerfer ausgeschaltet. Haarscharf schrammte der dunkle Wagen an Alfreds rotem Flitzer vorbei. Dann beschleunigte der Fahrer und schon war das Auto in der Nacht verschwunden. Alfred war sich sicher: Das war das Auto von Mark Hoffmann und seinem Kumpel Stefan Rickert gewesen.
Wo waren Linus und sein Porsche?

JÄGERABEND

Bei dem Toten vom Hirschsprung handelte es sich laut Polizeibericht um „einen 34jährigen Juristen, ledig, zuletzt wohnhaft in Freiburg i. Breisgau." Die amtlich festgestellte Todesursache, nach Obduktion und Freigabe des Leichnams nunmehr keine Geheimsache mehr, lautete „Genickbruch". Bei einem Sturz von einem über 15 Meter hohen Felsen auf eine Asphaltstraße durchaus plausibel! Viel mehr gab die karge Pressenotiz von Polizei und Staatsanwaltschaft aber nicht her. Journalisten wissen aber: Wenn Polizei und Staatsanwaltschaft gemeinsam Presseerklärungen herausgeben, dann bedeutet dies immer, dass in dem Fall noch ermittelt wird. Die Kernfrage, warum mitten in der Nacht ein 34-jähriger Jurist aus Freiburg in Jägerkluft vom Hirschsprungfelsen auf die B 31 fällt und sich dabei das Genick bricht, war noch überhaupt nicht beantwortet. Zumal Marian Ziggl, der wichtigste Zeuge, stets beteuerte, es sei oben in den Felsen mindestens ein Schuss gefallen, und zwar nachdem der Mann bereits tot auf der Straße lag.

Das war genug Stoff zum Diskutieren.

Ins sagenhafte Gasthaus Ahorn in Schwärzenbach hatte der Hochschwarzwaldkurier zur Podiumsdiskussion geladen. Thema: Das Für und Wider der Jagd! Die Bauernwirtschaft stammt aus der Zeit, als die Schwärzenbacher noch an Hexen glaubten. Das war schon seit geraumer Zeit nicht mehr der Fall, aber Sozialdemokraten oder auch Journalisten waren immer noch gut beraten, einen Bogen um den Ort zu machen. Die Podiumsdiskussion des Hochschwarzwaldkurier fand am gleichen Abend statt, an dem Alfred mit Linus seine Beschattungsaktion in Löffingen unternahm. Unter dem polemischen Titel „Lust am Töten – Die Jagd und ihre Rechtfertigung“ hatte Alfreds Chef Leuchter namhafte Gegner und Befürworter der Jagd zusammengebracht. Die Veranstaltung war die versprochene Belohnung für Marian Ziggl. Bevor sie begann, standen die Teilnehmer und Besucher in Grüppchen plaudernd und fachsimpelnd in der niedrigen Gaststube des Ahorn und diskutierten nur ein Thema: Der tote Jäger vom Hirschsprung. Über die Ungereimtheiten in diesem Fall gingen die Ansichten weit auseinander. „Der war b'soffe!“ äußerte ein Landwirt seine Überzeugung. „Sonst fällt doch keiner vom Felsen.“ Ein anderer Einheimischer meinte: „Ein echter Jäger kann das nicht gewesen sein, denn der stolpert sowieso nicht dort an den Hirschsprungfelsen herum. Ein Freiburger Wochenendjäger, das war's...“ Die Bemerkung hörte sich an wie „Dem geschieht es gerade recht.“ Es schwang eine unzweifelhafte Abneigung gegen die Personengruppe „Wochenendjäger“ darin mit, negativ verstärkt durch die Beifügung „ein Freiburger“. Auch ohne intellektuelle Höchstleistung konnte jeder Zuhörer schlussfolgern: „Wochenendjäger sind in Sachen Waidhandwerk Pfeifen, und wenn sie auch noch aus Freiburg kommen, dann sind sie Oberpfeifen.“

Aber jetzt klatschte Leuchter Aufmerksamkeit heischend in die Hände und bat um Ruhe. Die Veranstaltung sollte beginnen. Das Publikum sammelte sich an den Tischen, während am Podium, das an der breiten Stirnseite der Gaststube, an der Wand mit den Hirschgeweihen, aufgestellt war, die Podiumsteilnehmer ihre Plätze einnahmen. In der Mitte saß Leuchter, der Diskussionsleiter, links von ihm die Befürworter und Verteidiger der Jagd. Das war zum einen mit freundlichem Grinsen der Neustädter Bürgermeister Armin Hinterseh, selbst ein leidenschaftlicher und bekennender Jäger – zu seinen Füßen ruhte brav der braunfellige Jagdhund und dokumentierte durch gelassene Schläfrigkeit seine Folgsamkeit –, zum anderen Kreisjägermeister Wolf Riedl, ein angesehener Gemeinderat vom Feldberg, demonstrativ in Jägerkluft, aber vorerst noch mit grimmigem Blick. Rechts von Leuchter saß, angekündigt als „neutraler Fachmann" der promovierte Forstfachmann Dr. Gerrit Müller, vertrauenserweckend weißhaarig, Vertreter der staatlichen Forstbehörde, ebenfalls mit einem folgsamen Jagddackel zu seinen Füßen. Einen Sitz weiter dann, als eifriger Gegner der Jagd, Marian Ziggl, der Umweltkämpfer, Menschenrechtler und Weltverbesserer. Noch versteckte er sich hinter seinem Vorhang aus herabfallendem langem Speckhaar, scheinbar konzentriert und vertieft ins Studium irgendwelcher Papiere. Er hatte Schützenhilfe dabei, in Gestalt des letzten Podiumsteilnehmers, Dr. Bruno Königier, der ganz rechts außen saß. Dieser vertrat in Personalunion die Organisationen BUND, Nabu und Amnesty International, Sektion Hochschwarzwald. Er sah aus wie jemand, der die letzte Nacht im Wald verbracht hatte. Vor sich am Tisch hatte er demonstrativ ein Plakat aufgehängt, das eine Halali-Szene zeigte, bei der stolze Jägersleute vor einer Strecke von einem dutzend erlegter Hirsche standen. Unter dem Bild stand der provozierende Slogan: „Jäger sind Mörder". Soweit also die Rollenverteilung. Es bestand wenig Zweifel, wer in dieser Runde für was stand. Unter der niedrigen Decke des „Ahorn" sammelte sich bereits der Zigarettenqualm, auf den Tischen die ersten leeren Bierflaschen.

Diese Podiumsdiskussion war die Gegenleistung des Hochschwarzwaldkurier dafür, dass Marian Ziggl als Exklusiv-Quelle für den Todesfall Hirschsprung zur Verfügung stand. Leuchter hatte seinen Spaß daran, solche Podiumsdiskussionen zu moderieren. Und da er auch selbst über die Veran-

staltung schreiben wollte, war Alfreds Anwesenheit an diesem Abend nicht erforderlich gewesen. Von der „Schnarch weiter Redaktion“ war niemand da, kein Wunder, man berichtet schließlich nicht über Veranstaltungen der Konkurrenz. Leuchter unternahm nach der Vorstellung der Podiumsteilnehmer eine blumige Einführung ins Thema, bei der er die beiden strittigen Thesen gegenüberstellte. Die Jagdbefürworter: Jagd ist Bestandsschutz, Regulierung und Hege im Sinne des Tier- und Naturschutzes. Die Gegner: Jagd ist Freizeitvergnügen und Sport durch Töten von Lebewesen.
Schon als Leuchter diese These aussprach, nur als These, nicht als seine Meinung, da rumorte es in der Gaststube und an den gut besuchten Tischen wurden grimmige Bemerkungen laut. Hätten die Männer an den Tischen ihre Flinten dabei gehabt, es hätte schon das erste Mal geknallt. Für den Bierumsatz des Ahornwirtes war diese Stimmung optimal. Welche Meinung das Publikum hatte und auf wessen Seite es stand, wurde schnell klar. Es saßen da vor allem Einheimische. Ein paar ältere Landwirte, bedächtig und bieder wirkende Männer in Holzfällerhemden und Jeans, ein paar feixende Jüngere, ein Tisch war mit Jägern besetzt, jedenfalls Männern in grüner Kluft und Anstecknadeln an den Hüten, alles ältere Herren, nur an einem Tisch saß eine Urlauberfamilie aus Norddeutschland, in diese Veranstaltung hineingeraten wie der Marder in die Falle.
Das Wort hatte Dr. Bruno Königier. Er rückte die Nickelbrille auf der Nase zurecht, wühlte in dem unübersichtlichen Papierhaufen, den er vor sich aufgestapelt hatte und behauptete in abgehackten und grammatikalisch unvollständigen Sätzen: „Die ländliche Region, die ländliche Region, äh, das Land intakte Natur ... Dass ich nicht lache. Die Landwirtschaft, bedenken Sie. Über 50 Prozent der Gesamtfläche wird von der

Landwirtschaft genutzt – und dort gibt es doch riesige Probleme. Ich behaupte, dass die Landwirtschaft in Mitteleuropa weit über 90 Prozent des Artenschwunds verursacht hat. 90 Prozent des Artenschwundes ..." Seine letzten Worte gingen schon unter im tumultartigen Protest der Zuhörer. Auch am Podium unterbrachen ihn der Bürgermeister Hinterseh und der Forstamtmann Müller, so dass Leuchter nur mühsam die Ruhe wieder herstellen konnte. „Wir sollten mehr zum Thema Jagd kommen", forderte er, und gab das Wort an den grinsenden Marian Ziggl. Er hatte den Kopf eingezogen wie eine Krähe und schaute boshaft ins Publikum hinein. Seine große Stunde war nun gekommen, denn Dr. Königier zuvor war ja bloß der Vorgeschmack gewesen: „Wir müssen mal unterscheiden", forderte Ziggl die Runde auf: „Wir müssen mal unterscheiden, zwischen der Jagd von so genannten primitiven Völkern, die zu ihrem Lebensunterhalt jagen. Dagegen kann keiner etwas sagen. Und dann geht es in unserer zivilisierten Welt um die zweite Art von Jagd, das ist der Jagdsport, der aber mit Sport wenig zu tun hat, sondern nur der Unterhaltung und der Befriedigung niedriger Instinkte dient." Marian Ziggl holte tief Luft und spähte in die Runde, bereits jetzt auf Schmährufe oder faule Eier gefasst. Irgendjemand warf anonym ein „Idiot" in den Raum. Das feixende Publikum saß erwartungsvoll wie vor einem Kasperletheater, bevor der Kasper loslegt. Einer am Tisch der ganz Jungen tippte sich vielsagend an die Stirn.

Ziggl fuhr fort: „Ich will gar nicht darauf eingehen, wie oft Tiere bei der Jagd verletzt und von den Jägern bei der Nachsuche nicht mehr aufgespürt werden. Ich will gar nicht von den Grausamkeiten anfangen, die Tieren zugefügt werden, denen Jäger mit Fallen, Schlingen, Netzen oder Leim nachstellen. Ich will von der Verdummung reden, die dadurch veranstaltet wird, dass man behauptet, dass die Jagd notwendig sei, um überschüssige Exemplare zu eliminieren. Das ist doch die große Lüge und Täuschung, die Tarnkappe aus Umweltschutz und Artenschutz, hinter der sich die Jägerschaft versteckt ..."

„Jetzt machen Sie aber mal Halt!" warf ihm Kreisjägermeister Riedl dazwischen. „Solche kühnen Behauptungen müssten Sie schon belegen, für mich sind das einfach nur unverschämte Beleidigungen."

Als hätte er nur auf eine solche Aufforderung gewartet, zog Ziggl ein Papier unter seinen Notizen hervor, das er triumphierend wie ein Großinquisitor in die Höhe hielt und aus dem er dann zitierte: „Die Ausbildung und Prüfung an künstlich flugunfähig gemachten Enten ist derzeit in mehr als der Hälfte aller Bundesländer noch erlaubt. Auch Baden-Württemberg hat diese tierquälerische Praxis noch nicht verboten, hier bestehen Sondervereinbarungen. Schätzungsweise 70.000 lebende Enten werden jährlich für die Ausbildung und Prüfung von Jagdhunden verbraucht. Das heißt, sie werden zu Tode gequält ..."

Schon die ganze Zeit über hatte der Kreisjägermeister mit erhobener Hand und am Schluss durch Anstupfen Leuchters deutlich gemacht, dass er jetzt auch mal etwas sagen wolle.

Leuchter schnitt Ziggl elegant das Wort ab: „Wir sollten das vorerst mal als Provokation und Streitthese so stehen lassen. Ich bitte aber doch erst einmal Kreisjägermeister Riedl, den Sinn und Nutzen der Jagd aus seiner Sicht zu erläutern, damit wir überhaupt sehen, welche Thesen sich da gegenüberstehen."

Neben Ziggl wirkte der Kreisjägermeister wie die personifizierte Seriosität. Er nickte mit seinem schütteren Haupt und legte los: „Jeder weiß, dass es in der natürlichen Population

unserer heimischen Wildtierarten einen jährlichen Überschuss an Exemplaren gibt. Das hängt mit dem deutlich besseren Futterangebot zusammen, Stichwort Landwirtschaft, Wiesen und Felder, und das hängt auch zusammen mit dem Fehlen natürlicher Feinde, also der Raubtiere Luchs, Wolf, Bär etcetera. Der jährliche Populationsüberschuss pflanzt sich nicht fort. Deshalb hat die Jagd auch keinen negativen Einfluss auf die Bestände, sondern sie korrigiert nur den Populationsüberschuss, sie stellt sozusagen den naturverträglichen Bestand wieder her. Damit Sie das auch verstehen: Im Frühjahr kommen viel mehr Tiere zur Welt, als im Herbst und Winter in unseren Wäldern überleben könnten. Wenn unsere Abschussquoten richtig berechnet sind, und davon gehen wir aufgrund unserer langjährigen Erfahrung aus, dann entsprechen sie in etwa diesem jährlichen Überschuss ..."
Brechender Applaus für Riedls Ausführungen bestätigten die Vermutung, dass im Publikum fast nur Anhänger der Jagd saßen. Die Bedienung schlüpfte schnell durch die Reihen und nutzte die Unruhe, um leere Flaschen abzuräumen. Der Kreisjägermeister lehnte sich zufrieden zurück und nahm einen tiefen Schluck aus dem Mineralwasserglas. Neustadts Bürgermeister Armin Hinterseh war jetzt dran. Er hatte diese Ausstrahlung, die 55jährige Neustädter Hausfrauen in Ohnmacht fallen lässt. Er setzte sein charmantestes Schwiegersohnlächeln auf und griff dann frontal an: „Also hören Sie mal", sagte er an die Adresse Ziggls und Königiers. „Sie bezeichnen mich mehr oder weniger als Lustmörder, der Tiere aus purem Vergnügen tötet. Ja, so kann man Ihre Vorwürfe schon verstehen. Ich habe Sie so verstanden. Und da verwahre ich mich ganz energisch dagegen. Kein Jäger geht zum puren Vergnügen auf die Jagd. Das ist mühsame Arbeit, aufopferungsvoll. Zu Zeiten, da sie auf der Couch vor dem Fern-

seher oder sowieso schon im Bett liegen, da sind wir Jäger unterwegs, zu jeder Jahreszeit und bei jedem Wetter. Stellen Sie sich unsere Wildbestände mal ohne Jagd vor. Da wächst aber nirgendwo mehr ein Jungwald, den die Förster teuer angepflanzt und aufgepäppelt haben. Denn das Wild frisst alles weg. Wenn Rehe, Wildschweine und Hasen nicht durch die Jagd reguliert werden, dann wachsen die Populationen so stark, dass sie schließlich sämtliche verfügbaren Nahrungsressourcen verbrauchen. Und dann, wenn es keine Ressourcen mehr gibt, dann sterben die Tiere durch Krankheiten, oder sie verhungern. Dieses Leid für die Tiere, und diesen Schaden an der Umwelt, das finden Sie offensichtlich besser als die waidgerechte Jagd, wo schmerzlos und durch gezielte Eingriffe des Fachmannes die Populationen reguliert werden? Wenn Sie wirklich ein Tier- und Umweltschützer wären" – jetzt wandte er sich direkt zu Dr. Königier hin, der grimmig und mit deutlichen Grimassen der Missbilligung den Kopf schüttelte – „dann würden Sie hier ein Loblied auf die Jäger singen und nicht auf ihnen herumhacken …"
Wieder gab es Beifall und begeisterte Zurufe aus dem Publikum. Klar, dass Ziggl und Königier jetzt wieder dagegen halten mussten. Sie präsentierten voller Abscheu neuzeitliche Jagdtechniken, angefangen vom Ankirren über den Einsatz künstlicher Leuchtquellen, die Verwendung von Funk-Vibrationsmeldern bis hin zum Helikopter-Hunting, wie es angeblich bei der Schwarzwildjagd in Deutschland schon praktiziert werde. Im Gegenzug schilderte Kreisjägermeister Riedl die Mühsal und den strapaziösen Alltag einer seriös betriebenen Jagd, bis hin zu genauen Kilogrammangaben, was nämlich der Jäger statistisch gesehen alles im Wald herumzuschleppen habe, bei der artgerechten Bejagung des heimischen Wildes. Bürgermeister Hinterseh verwahrte sich mehr-

mals im Laufe des Abends dagegen, dass Jäger überhaupt so „unqualifiziert“ öffentlich kritisiert werden durften, beließ es aber ansonsten bei der Aufforderung an das Publikum, es möge ihn sich ansehen und dann entscheiden, ob es sich bei ihm um einen Vergnügungstierquäler handele oder nicht. Dazwischen saß Forstexperte Dr. Müller standhaft wie ein Baum und ließ sich einfach nicht aus der Ruhe bringen, während Leuchter wachsendes Vergnügen daran fand, die Parteien gegeneinander aufzuhetzen.

Marian Ziggl landete schließlich einen Volltreffer, als er behauptete, die besten Jagdreviere im Hochschwarzwald seien sowieso von gut betuchten Vergnügungsjägern aus der Großstadt gepachtet, die am Wochenende zum Schießvergnügen in den Wald kämen, während sie die heimischen Jäger die mühsame Hege, Pflege und Wildverbissabwehr erledigen ließen. Da bekam er plötzlich Beifall von denen, die ihn bisher ausgebuht und ausgelacht hatten. Das Schwärzenbacher Publikum war plötzlich, zumindest in dieser Frage, auf Ziggls Seite.

Da stand einer aus dem Publikum auf. Einer vom Tisch der Grünröcke, die sich bisher alles aufmerksam angehört hatten. Ein Lodenmanteltyp. Gepflegt, selbstsichere Ruhe ausstrahlend. Sowieso war es jetzt an der Zeit, die Diskussion vom Podium ins Publikum zu tragen. Also erteilte Leuchter dem Mann das Wort.

„Guten Abend, ich heiße Dr. Jürgen Lohenfels“, so stellte sich der hagere, groß gewachsene Mitfünfziger vor. „Ich komme aus Freiburg. Ich bin also einer der so genannten Sonntagsjäger, über die hier so hergezogen wird. Manche kennen mich“ – er nickte in Richtung Dr. Gerrit Müller – „denn ich habe auch im Hochschwarzwald eine Jagd gepachtet. Ich will nur mal sagen, ich war der einzige Bewerber auf diese

Pacht, es gab keinen einheimischen Bewerber, dem ich etwas weggenommen habe. Und ich gebe jährlich viele tausend Euro für diese Pacht aus. Das ist nicht nur der Pachtzins, das sind auch die Kosten für Zäune, für Maßnahmen gegen den Wildverbiss, mein Aufwand für Winterfütterung, und, und, und ..."

„Schaffsch au selber was, oder zahlsch nur?" warf einer der jungen Schwärzenbacher vom Nachbartisch dazwischen. Die anderen grölten. So war's recht!

Jetzt war etwas geboten. Die Freiburger Jäger, denn um solche handelte es sich bei den Grünröcken, wurden über die Tische hinweg fröhlich angefeindet. Nicht wegen der Jagd als solches, sondern weil sie sich mit fetten Geldbörsen Hochschwarzwälder Jagdreviere gesichert hatten. Da gab es manchen im Raum, dem das ein Dorn im Auge war: „Mir habt ihr am Wochenende ein Reh waidwund g'schossen und ohne Nachsuche verenden lassen. Im Bach hab ich's gefunden", klagte laut ein Landwirt. Ein anderer zeterte: „Wegen eurem Saufutter hab ich jetzt die Wildschweine im Feld. Ihr habt sie mit Futter angelockt. Ich hab jetzt den Schaden."

Dr. Lohenfels konterte: „Ihre Anfeindungen entbehren jeglicher Grundlage. Uns wird hier das Jagdhandwerk so schwer gemacht, so zerredet, so verleidet. Ich frage mich manchmal wirklich, warum wir uns das noch antun. Vor einigen Tagen ist ein Kollege von uns tödlich verunglückt, drunten im Höllental. Der ist bei der Jagd vom Felsen gestürzt. Ich vermute fast, da haben Sie sich hier oben noch heimlich die Hände gerieben, vor Schadenfreude. Geben Sie es zu!"

Hier versuchte Kreisjägermeister Riedl, assistiert vom Neustädter Bürgermeister, die Wogen zu glätten, indem er allgemeines Beileid bekundete. Die heimischen Landwirte, Waldbesitzer und Jäger nahmen aber nicht so viel Rücksicht.

Einer schimpfte: „Und die Reviere haltet ihr auch nicht ein. Bei mir hat einer von euch den schönsten Hirsch rausgeschossen. Ich hab die Spuren entdeckt. Das ist eine Sauerei. Wilderei nenn' ich das, jawohl, Wilderei."
Vieles hatten sich die Freiburger Herrschaften angehört. Jetzt aber entrüstete sich ihr Wortführer, Dr. Lohenfels: „Das nehmen Sie aber sofort zurück. Niemals habe ich oder einer von meinen Kollegen hier, dafür lege ich die Hand ins Feuer, niemals hat einer von uns die Reviergrenzen verletzt. Glauben Sie im Ernst, ich renne hinter einem Hirsch her, über Stock und Stein, bis ins Nachbarrevier? Das glauben Sie doch wohl selber nicht. Ich schieße den Hirsch vom Hochsitz aus, wenn er auf der Lichtung vorbeikommt. Da laufe ich keinen Schritt. Wenn Sie den Wilderern nicht das Handwerk legen, glauben Sie mir, ich werde es tun. Darauf können Sie sich verlassen!"
„Und trotzdem hat mir einer in meinem Wald und in meinem Revier den Hirsch geschossen", beharrte der Landwirt und schlug donnernd mit der Faust auf den Tisch. „Und wenn ich den Kerl erwische, das sag ich, dann fliegt die Kugel. Ganz schnell geht das. Aber ganz schnell!"
Das eigentliche Thema ging nun etwas verloren. Über das Für und Wider der Jagd wollte nämlich außer Marian Ziggl und Dr. Königier, die immer noch eifrig in ihren Papieren wühlten, niemand diskutieren. Hier gab es sowieso nur Befürworter der Jagd. Ihre Themen waren andere: Die Freiburger Herrenjäger und die Wilddiebe. Denn soviel wurde schnell klar, in der nun heftig und unkontrolliert ausbrechenden Debatte: Nicht nur der eine Landwirt aus Schwärzenbach hegte den Verdacht, dass jemand in seinem Revier gewildert habe. Auch die anderen anwesenden Jäger, und das waren fast alle, konnten mit Beispielen und Fällen aus den letzten Monaten aufwarten. Der eine hatte nachts Schüsse in seinem Wald

gehört, der andere vermisste den seit Jahren auftretenden Platzhirsch, der Dritte hatte einen aufgebrochenen Kadaver gefunden, dem Vierten war ein von unbekannt angeschossenes Reh vor die Flinte gehumpelt, und so weiter, und so fort. Alle trugen ihre Beobachtungen zusammen und der Kreisjägermeister, inzwischen vom Podium geklettert und an einen der Stammtische gerückt, formulierte die Erkenntnis, dass im Hochschwarzwald wohl Wilderer unterwegs seien. Die Urlauberfamilie, Ehemann, Ehefrau und zwei Kinder, hatten bezahlt und erhoben sich. Im Hinausgehen sagte der Mann: „Ich habe kein Wort verstanden!"

WILDERER

Linus schlug die Augen auf. Eigentlich hätte er sagen müssen „Wo bin ich?" Er lag in einem Krankenhausbett in der Helios-Klinik in Neustadt. Im Zimmer war es dämmrig. Ein Einzelzimmer. Schließlich war er als Versicherungsmakler privat versichert. Um das heruntergedimmte Deckenlicht zog einsam eine Fliege ihre Kreise. Irgendjemand schnarchte. Moment! Schnarchgeräusche? „Ich bin privat versichert! Ich habe ein Einzelzimmer!" So schoss es Linus durch den Kopf. „Wer schnarcht in meinem Einzelzimmer?"
Es kam ihm nicht in den Sinn, darüber nachzugrübeln, warum er sich überhaupt in einem Krankenhausbett befand. Das schien ihm selbstverständlich. Wichtiger war das Schnarchen. Er richtete sich mühsam auf, wie ein Operationspatient nach der Narkose, und spähte hinter sich. Da lag, zusammengeknautscht wie ein halbleerer Kartoffelsack, sein Kumpel Alfred im Besuchersessel. Er schlief wie ein Kartoffelsack und er schnarchte wie ein Kartoffelsack.
Jetzt erst, vom Halbschlaf endlich im Wachsein angekommen, wurde Linus das Ungewöhnliche seiner Situation bewusst. „Wo bin ich? Was mache ich in einem Krankenhaus?" Er tastete seinen Kopf ab, bewegte die Arme, rollte die Schultern, horchte in sich hinein nach irgendwelchen Schmerzen oder Disfunktionen, zog erst das rechte, dann das linke Knie an, bewegte jeden Zeh einzeln. Alles funktionierte. „Ich bin ok", sagte er sich. Er warf die Bettdecke zur Seite und schwang sich aus dem Krankenbett. Man hatte ihn in ein Patientennachthemd gesteckt, das so knapp wie ein Minirock geschnitten war. Der Hintern konnte sich über mangelnde Frischluftzufuhr jedenfalls nicht beklagen. Die Erinnerung kehrte zurück: Schwarzwaldpark, Verfolgungsjagd, Schüsse,

Ohnmacht! In Gedanken rekapitulierte Linus die Ereignisse der vergangenen Nacht, begutachtete kopfschüttelnd sein Negligé und studierte dann den schnarchenden Alfred.
Später, als er sich angezogen hatte, Alfred aufgeweckt hatte und sie gemeinsam bei der Krankenhausverwaltung ausgecheckt hatten, saßen sie in der Helios-Cafeteria im Erdgeschoss, rührten in ihren Kaffeetassen und besprachen die Vorfälle der vergangenen Nacht.
„Du hast noch nichts der Polizei gemeldet?"
Alfred schüttelte den Kopf: „Werde ich auch nicht tun. Immerhin waren es ja zwei Polizisten, die auf dich geschossen haben."
Linus nahm geräuschvoll einen Schluck aus der Kaffeetasse und widersprach: „Ich bin mir nicht sicher, ob sie auf mich geschossen haben. Sie haben nur geschossen. Ich weiß nicht einmal genau, ob es wirklich die zwei Polizisten waren. Es war ja dunkel."
„Halten wir mal fest", Alfred nahm zum Abzählen den Daumen der Linken in die rechte Hand: „Erstens: du verfolgst Mark Hoffmann und Stefan Rickert, beide in Jägerklamotten. Zweitens: – jetzt nahm er den Zeigefinger –„Die beiden fahren zum Schwarzwaldpark und machen sich dort am Zaun zu schaffen. Richtig?"
Linus nickte: „Richtig!"
„Drittens: Sie entdecken dich und es fallen Schüsse."
„Mindestens ein Schuss!" korrigierte Linus.
„Viertens: du wirst nicht getroffen, fällst aber vor Angst in Ohnmacht!"
„Nicht vor Angst. Vor Schreck vielleicht, aber nicht vor Angst!"
„Und als ich schließlich am Tatort ankomme", so fasste Alfred mit seinem letzten verbliebenen Finger zusammen, „da liegst

du immer noch ohnmächtig im Gras. Ich packe dich in mein Auto, ich fahre dich ins Krankenhaus, du wirst ärztlich untersucht und fällst von der Ohnmacht nahtlos in tiefen Schlaf. Die beiden Kerle waren natürlich verschwunden, als ich dich fand."

„So ungefähr war es", bestätigte Linus und fingerte nach einer Zigarette.

„Rauchverbot!" sagte Alfred und wies auf ein entsprechendes Schild an der Wand. „Wir befinden uns in einem Krankenhaus!"

Sie verstauten ihre Tassen in einen bereitstehenden Servierwagen und gingen nach draußen. Alfred drehte sich eine Zigarette. Paffend erörterten sie den Fall weiter: „Können wir sicher sein, dass es die beiden Polizisten waren, die geschossen haben?"

„Ich denke ja", sagte Linus und ruckte leicht zur Seite, um an dem großen Zementaschenbecher vor dem Helios-Eingang Platz zu schaffen. Ein altes Mütterchen, knochig wie eine Vogelscheuche, im Morgenmantel und in Pantoffeln, gesellte sich zu ihnen, um mitzurauchen. Sie hustete wie im Endstadium einer schweren Tuberkulose und beim Inhalieren rasselten ihre Lungen besorgniserregend. „Stör ich?" fragte sie mit der Stimme eines rostigen Rasenmähers. Sie hatte gemerkt, dass Alfred und Linus ihre Unterhaltung abgebrochen hatten.

Alfred schüttelte den Kopf: „Nein, nein, keine Umstände!"

Während die Oma interessiert zuhörte, unterbreitete Alfred seine Theorie: „Mark Hoffmann und Stefan Rickert sind Wilderer. Die treiben sich nachts in fremden Revieren herum und schießen Wild, das dann von Rickerts Bruder im „Wilddieb" zu Steaks verarbeitet wird. Und wenn ihnen die Jagd zu mühsam ist, dann brechen sie im Schwarzwaldpark ein und holen sich dort ihre Fleischportionen. Da das ganze illegal ist und ein Verbrechen, hat der Polizist Mark Hoffmann ein schlechtes Gewissen und getraut sich nicht, seiner Verlobten zu beichten. Und deshalb hat die Verlobte nun alle möglichen Ängste und Sorgen, weil sie natürlich spürt, dass mit ihrem Schatz irgend etwas nicht stimmt."

„Wo ist eigentlich mein Porsche?" fragte Linus.

„Immer noch dort!"

„Beim Schwarzwaldpark?"

„Klar, wo denn sonst. Ich kann ja schließlich nicht mit zwei Autos gleichzeitig fahren."

Linus drückte die halbfertige Kippe aus: „Dann mal los!"

Nach zwölf Minuten standen sie mit Alfreds rotem Flitzer auf dem Parkplatz beim Schwarzwaldpark. Es war Werktag, der Parkplatz war fast leer, Schmetterlinge und Bienen surrten durch die warme Sommerluft. Ein schöner Tag. Linus' Porsche stand einige Meter abseits im Waldweg, der am Außenzaun des Schwarzwaldparks entlang führte.

Es war nicht zu übersehen: Im linken vorderen Kotflügel befand sich ein Loch. Etwa so groß, dass man einen Finger durchstecken konnte. Der linke Vorderreifen hatte einen Platten. Der Porsche hing schief in der Landschaft wie ein schlampig aufgehängtes Wohnzimmerbild.

„Einschussloch!" konstatierte Alfred, nachdem er mit den Fingern sanft über den misshandelten Kotflügel gefahren war.

„Wie im Fernsehen", flüsterte Linus ehrfurchtsvoll. Dann kroch er auf allen Vieren unter die Stoßstange und untersuchte den erschlafften Vorderreifen. „700 Eier", jammerte er. „Der Schlappen war ganz neu!"

Gemeinsam wechselten sie den Reifen und kamen dabei ganz schön ins Schwitzen. Zwei Griffelspitzer und Schreibtischhelden. Linus wollte eigentlich den ADAC anrufen.

Schließlich schafften sie es aber doch, nicht ohne dabei mit dem Wagenheber gewaltigen Blechschaden an der Karosserie des Porsche anzurichten.
Der ausgewechselte Reifen, als sie ihn auf den engen Rücksitz im Porsche wuchten wollten, machte verdächtige Geräusche, als ob ihn jemand mit Kieselsteinen gefüllt hätte. So fanden sie die Kugel, die den Kotflügel, dann den Reifen und auch noch das Innenleben der Felge durchschlagen hatte. Es war nur noch ein zermatschtes Stück Metall. Alfred hielt es zwischen den Fingern wie ein zerquetschtes Insekt und betrachtete es gegen das Sonnenlicht. „Ballistiker könnten genau herausfinden, aus welchem Gewehr die Kugel abgeschossen wurde."
„Das ist ja wohl keine Frage. Einer der beiden Polizisten hat geschossen. Rickert oder Hoffmann!"
„Das weiß ich auch", schnauzte Alfred. „Aber ein Ballistiker könnte es beweisen. Wenn ich diese Story schreibe, dann brauche ich Beweise ..."
Linus tippte sich an den Kopf: Du willst darüber doch nicht etwa im Hochschwarzwaldkurier etwas schreiben?"
„Noch nicht! Aber die Story nimmt Gestalt an. Ich habe Zeugen, die ich zitieren kann."
Linus stöhnte tief auf. „Meinst du mich mit den Zeugen?"
„Erraten!"
„Und wie lautet die Schlagzeile?"
Alfred überlegte kurz: „Wilderer im Hochschwarzwald – Zwei Polizisten auf frischer Tat ertappt!"
„Denk dran, du hast noch eine Klientin!"
„Monika Rose?"
„Genau die. Schließlich hat die dich auf die Spur der beiden Wilddieb-Polizisten gebracht."
Während Alfred grübelte und sich eine Zigarette drehte, umrundete Linus zweimal seinen Porsche, um nach weiteren

Einschusslöchern oder sonstigen Beschädigungen Ausschau zu halten. Der Porsche schien aber ansonsten unversehrt zu sein. Er war auch fahrtauglich.
Sie beschlossen, das weitere Vorgehen in Ruhe in einer Kneipe in Löffingen zu beratschlagen. Es war sowieso gerade Mittagszeit.
Das erste Gasthaus, wenn man nach Löffingen hineinfährt, ist linker Hand an der Oberen Hauptstraße die „Linde". Dort kehrten sie ein. Das Haus hat Mauern, so dick wie eine Ritterburg. Überhaupt stammt ganz Löffingen aus der Ritterzeit. Das Städtchen hat sich im Kern seinen mittelalterlichen Charakter bewahrt. Alte verschachtelte Häuser kleben aneinander und bilden verwinkelte Zeilen mit malerischen Giebelkonstruktionen. Mitten drin steht das Rathaus, wo Norbert der Glückliche residiert. 30 Jahre lang saß er auf der gegenüberliegenden Straßenseite im Chefbüro der Volksbank und konnte aus dem Fenster ins Büro des Bürgermeisters blicken. Seit Anfang 2006 hatte er die Seiten gewechselt, nun saß er im Bürgermeisterzimmer und sah hinüber in die Volksbank-Büros.
Während sie in der „Linde" saßen, jeweils einen „Strammen Max" vertilgten und über die Löffinger Kommunalpolitik diskutierten, ging plötzlich die Wirtshaustür auf und Susi und Luzy traten ein. Die beiden Frauen, die Alfred am Vorabend kennengelernt hatte. Die Rothaarige und die Brünette.
Alfred errötete wie Georg Thoma bei seinem ersten Interview. Sein Blick huschte vom Strammen Max zur Decke, von dort zu den beiden Frauen und hastig wieder zurück zum Strammen Max. Linus, der nicht wusste, dass Alfred die zwei Frauen am Vorabend kennengelernt hatte, plusterte sich vom Versicherungsmakler zum Kleinstadt-George-Cloony auf und versuchte Eindruck zu schinden.

Luzi und Susi, beide in Jeans und schlichten Sommerblusen, winkten beide und steuerten schnurstracks auf den Tisch von Alfred und Linus zu. Linus buchte dies als Erfolg seiner Bemühungen. Alfred bekam feuchte Hände.
„So ein Zufall! Schön, dass wir uns schon wieder treffen! Dürfen wir dazusitzen?"
Luzy war die Brünette, Susi, die Alfred noch besser gefiel, die Rote. Alfreds Ellbogen wusste vom Vorabend noch genau, wie sich ihr Busen anfühlte, sein Knie erinnerte sich noch an ihre Hand. Sie hatte ihr rotes Haar nachlässig im Nacken zu einem Knoten zusammengewurstelt, sandte mit den Augen strahlendes Blitzen aus und wippte verheißungsvoll durch die Gaststube. Es war Sommer. Die Pfirsiche waren reif.
„Grüß dich, süßer Redakteur, wie geht`s?" flötete Luzy und drückte Alfred – Bussi rechts, Bussi links – zwei süße Küsse auf die Wangen, noch ehe er sich richtig von seinem Stuhl erhoben hatte. Dann folgte Susi ihrem Beispiel, und diese Küsse waren noch süßer, denn sie drückte sich an ihn, und er fand alles bestätigt, was ihm zuvor über reife Pfirsiche durch den Kopf gegangen war.
Linus, obwohl er sich erwartungsvoll ebenfalls erhoben hatte, ging leer aus. Er machte ein Gesicht wie ein Kellner ohne Trinkgeld.
Nachdem Alfred alle miteinander bekannt gemacht hatte und die beiden Frauen, Susi links von Alfred, Luzy rechts von ihm, am Tisch Platz genommen hatten, sprachen sie zunächst über Zufälle. „So ein Zufall, dass wir uns hier treffen!"
Susi kicherte: „Zufällig sahen wir deinen roten Flitzer vor der Linde. Zufällig wussten wir, dass es Dein Auto ist. Zufällig bist du uns gestern Nacht etwas zu schnell entwischt!" Die beiden Frauen zwinkerten sich zu. Das war kein Zufall.

Linus witterte irgendetwas. Er blickte skeptisch von Alfred zu Susi, von Susi zu Luzy, von Luzy zu Alfred und dann im Kreis wieder zurück. Alfred saß zwar mit am Tisch, aber irgendwie in Ohnmacht. Diese beiden Frauen waren mindestens zehn Jahre älter als er. Das war so weit weg, wie Sophia Loren im Fernsehen. Man konnte von so etwas träumen. Aber was tut man, wenn es wirklich passiert?

So wie es schien, war es gerade Alfreds Sprachlosigkeit, die ihn für Susi und Luzy interessant machte. Linus jedenfalls, der seit Minuten ununterbrochen Reden führte, dabei versuchsweise alle Themen zwischen Porsche, Haftpflichtversicherung, Löffinger Nachtleben und moderner Malerei anschnitt, konnte überhaupt nicht landen. In seiner Not verfiel er auf die Idee, eine Runde auszugeben. Zur Mittagszeit war das aber nicht die beste Strategie. Susi und Luzy wollten nämlich keinen Martini, sondern lieber einen Tee trinken.

Anschließend unternahmen sie noch einen Spaziergang. Am Schulzentrum vorbei hinauf zum Sportplatz und dort über die sonnenbeschienenen Wiesen. Die beiden Frauen hatten sich links und rechts bei Alfred untergehakt, während Linus, weil der Feldweg so schmal war, wahlweise zwei Schritte voraus oder zwei Schritte hinterher tänzeln musste.

Sie tauschten Telefonnummern aus. Und Adressen. Susi speicherte demonstrativ Alfred in ihr Handy ein, Linus aber nicht. Sie berührte ihn wie einen langjährigen Freund. Mal am Ellbogen, mal an der Schulter, mal an den Händen. Sie lehnte sich an ihn. Sie funkelte mit ihren Blicken bis in Alfreds Seele hinunter. So viele Signale an einem einzelnen Sommertag konnten normalerweise gar nicht gegeben werden.

Nur leider für diesen Tag und für den Abend auch, da war nichts mehr zu machen, da standen schon Termine und Verpflichtungen. Sonst hätte man ja gemeinsam was unternehmen können. Ein anderes Mal. Vielleicht am Wochenende. „Ruf an! Wir treffen uns! Ich freue mich!“ Susis Verabredung galt nur für Alfred. Linus wusste es und kickte missmutig Steine in die Felder.

Luzy gab Alfred zum Abschied links ein Küsschen und rechts ein Küsschen, und Linus gab sie die Hand. Susi gab Alfred kein Küsschen, sondern einen Kuss – auf den Mund. Und sie spitzelte dabei für eine Sekunde mit der Zunge. So schnell ging es, dass Alfred gar nicht antworten konnte. Aber er hatte die Einladung verstanden, eine Verheißung für die Zukunft.

Mit Marian Ziggl in einem Auto zu fahren, war eine Zumutung. Obwohl es Alfreds Auto war, der rote Flitzer, bestand Ziggl darauf, dass man im Auto nicht rauchen dürfe. Jedenfalls nicht, solange er auf dem Beifahrersitz saß. Die Fahrt bis Hinterzarten verging damit, dass Ziggl von den Gesundheitsgefahren predigte, vom Risiko des Passivrauchens, von amputierten Raucherbeinen und von explodierenden Kosten im Gesundheitswesen. Dabei sah er selbst aus wie ein Kettenraucher. Seine käsige weiße Haut, die tief in den Höhlen liegenden Augen, die gelben Zähne und die Frisur, die direkt aus einer asiatischen Opiumhöhle importiert war, passten nicht zum Bild des Gesundheitsapostels.

Von Hinterzarten bis ins Höllental hinunter sprachen sie dann von der Jagd. Beziehungsweise, Ziggl sprach davon, Alfred hörte nur zu. Ziggl wertete in einem bedenklichen Anfall von Realitätsverlust den Diskussionsabend im „Ahorn“ als vollen Erfolg für sich und seine Thesen. Die Zuhörer hätten auf seiner Seite gestanden und die anderen Podiumsteilnehmer habe er „an die Wand genagelt“. Jetzt sei er nur noch gespannt auf den triumphalen Artikel, den Leuchter ganz sicher im nächsten Hochschwarzwaldkurier über diesen Abend schreiben werde. Da Alfred den Artikel bereits kannte, weil Leuchter ihn ihm zum Lesen gegeben hatte, hielt er sich mit Kommentaren zurück. Ziggl würde tapfer sein müssen.

Während Ziggl – immer noch bei seinem Jägerthema – über den Nutzen von Raben und Saatkrähen referierte und dabei aussah wie selber eine, träumte Alfred von einer rothaarigen Löffingerin. Er spielte verschiedene Varianten durch, nach denen er sie am Abend anrufen und sich mit ihr zum Rendezvous verabreden konnte. Er fand keine überzeugend.

„… eine Saatkrähe frisst pro Jahr rund 18 Kilo Insekten und Würmer!“

„Was?“ Alfred schreckte aus seinen Träumereien auf.

„Ich wollte bloß damit sagen, dass es eine Sünde ist, Saatkrähen abzuschießen.“

„In Langenordnach und Schwärzenbach werden Saatkrähen ja auch nicht abgeschossen, sondern nur verjagt“, behauptete Alfred. „Die Landwirte hängen tote Krähen an Stangen auf und schrecken damit die Artgenossen ab. Das funktioniert wunderbar.“

Etwa in Höhe des Hotels „Sternen“ machte Alfred den Fehler, den Fischreiher ins Gespräch einzuführen. Dieser sei doch die eigentliche Plage für die Landwirte und Fischpächter, fresse er doch radikal alle Gewässer im Hochschwarzwald leer.

Ziggl, der vom Kehlkopf aufwärts irgendwie auch wie ein Fischreiher aussah, konnte jedenfalls den Appetit dieser Vögel nicht wegdiskutieren. Aber er präsentierte trotzdem Lösungen: „Die Landwirte müssen eben ihre Brandweiher und Fischzuchtanlagen mit einem steilen Ufer anlegen. Dort können die Vögel nicht fischen.“

Alfred wandte ein, dass die Weiher schon alt seien und nicht beliebig umgebaut oder mit Dämmen umgeben werden könnten. Daraufhin breitete Ziggl die Nylonschnur-Theorie aus: Man müsse Nylonschnüre über den Weiher spannen, und zwar diagonal, nicht parallel. Bei parallel gespannten Schnüren könnten die Fischreiher dazwischen durch Ein- und Auftauchen, durch diagonal gespannte Schnüre hingegen fühlten sie sich gestört. „Das sind ökologische Lösungen“, behauptete Ziggl. „Da muss kein Bauer zur Flinte greifen!“

Alfred malte sich gerade aus, wie ökologisch es wohl sein mochte, wenn ein Graureiher im Sturzflug mit seinem Gefieder durch ein Netz von Nylonschnüren hindurchbrauste. Im Geiste sah er strangulierte Reiher und ein Schlachtfeld voller Federn vor sich, wie nach dem Besuch des Fuchses im Hühnerstall.

Inzwischen fuhren sie Richtung Hirschsprung. Das Höllental verengte sich schluchtartig. Die B 31 wurde zweispurig, auf halber Höhe im Fels schlängelte sich die Höllentalbahn.

„Hier war's!" bellte Marian Ziggl, als sie an der Stelle vorbeikamen, wo die Jägerleiche vom Himmel gefallen war. Alfred legte impulsiv eine Vollbremsung hin und erntete wütendes Gehupe hinter sich. Eine Kurve weiter, unmittelbar nach der engsten Stelle des Höllentals, bog er verbotenerweise über die durchgezogene Linie nach links auf den dortigen Parkplatz ab.

Alfred kramte die Kamera vom Rücksitz, dann stiegen sie aus. Während Ziggl noch einmal wild gestikulierend die Geschichte jener Nacht erzählte, drehte Alfred sich erst einmal eine Zigarette und betrachtete beim Paffen prüfend die aufsteigenden Felsen. Die Felszacke, von der offensichtlich der Jäger auf die B 31 gestürzt war, ragte etwa 15 Meter hoch und stand an der Spitze sogar leicht über der Straße. Nur, wie war der Jäger dort hinaufgekommen? Und warum? Nochmals dreißig bis vierzig Meter höher thronte der Blechhirsch, das Wahrzeichen des Höllentals. Er stand da in der Pose des Angebers. Als gelte es, den Blechkühen, die täglich unten vorbeifuhren, zu imponieren. Vom Parkplatz weg schlängelte sich ein kleiner Wanderweg, der Jägerpfad, bergwärts, endete aber abrupt an einem Holzverhau in der Felswand. Dort gab es einen Durchgang, der aber wegen nicht näher erläuterter Gefahren gesperrt war. Alfred spähte durch den Spalt zwischen Fels und Brettern. Der vertraute Geruch einer Autobahntoilette schlug ihm entgegen. Welche Geheimnisse auch immer in dieser dunklen Höhle lagern mochten, sie weckten Alfreds Interesse nicht. Statt dessen taxierte er den Felsen auf seine Besteigbarkeit. Ein direktes Erklimmen schien unmöglich. Oberhalb des vernagelten Höhleneingangs hing der Fels sogar über. Wenn man aber dem Jägerpfad ein paar Meter talwärts folgte, dann kam man an eine Stelle, wo der Berghang zwar immer noch steil war, aber immerhin bewachsen und nicht ausschließlich felsig. Dort müsste man hinauf kraxeln und dann irgendwie um die große Felszacke herum und auf der anderen Seite von oben irgendwie an den Hirschsprungfelsen herankommen.

Alfred machte ein paar Aufnahmen von Marian Zigl und dem Hirschsprung im Hintergrund. Wenn sich auch nichts Neues ergeben sollte, so brauchte man doch ein paar Bilder für die nächste Reportage, die, falls es weiterhin nichts Neues geben sollte, dann heißen würde: „Weiterhin Rätsel um den Hirschsprung-Fall".

Marian Ziggl hatte von einem Freeclimber ungefähr so viel wie Reinhold Messner von einem Eiskunstläufer. Trotzdem hielt er wacker mit, als Alfred sich an die Erstbesteigung des Hirschsprungfelsen über die bisher unerprobte Parkplatz-Route machte. Sie hangelten sich von Baum zu Baum vorwärts. Da, wo keine Bäume standen, taten es die umgefallenen Stämme. Und da, wo weder das eine, noch das andere vorhanden war, hielten sie sich an Sträuchern fest, an herausragenden Felszacken, an Baumstümpfen oder an Grasbüscheln. Der Waldboden roch nach Moder und Humus. Feuchte Erde, Blätter, Spinnen und Würmer suchten ihren Weg in Alfreds Hemdkragen, in den Hosenbund und in die Turnschuhe. Marian Ziggl kroch hinterher wie ein schwarzer Mistkäfer. Doch Meter für Meter gewannen sie an Höhe. Bald hatte sie der Wald verschluckt und vom Parkplatz aus, unten an der B 31, hätte man sie nicht mehr sehen können. Sie riskierten einiges. An manchen Stellen mussten sie sich gewagt an steilen Felsen hochziehen. Dann lagen wieder umgestürzte Baumriesen im Weg, in den Hang geschleudert wie riesige Mikadostäbchen, genau so durcheinander, genau so wacklig. Übrigens war es keine Erstbesteigung, das ging Alfred schnell auf. Mehrfach kreuzten kleine Trampelpfade den Weg. Hier waren schon andere emporgestiegen. An einer Stelle, von der Alfred hätte schwören können, dass außer ihm niemals ein Zweiter sie erreichen würde, lag eine Cola-Dose. Dann stiegen sie in den Felsen ein. Ein schmaler Vorsprung zog sich schräg nach oben und schien begehbar. Schließlich hatten sie eine Stelle oberhalb des Hirsches erreicht. Von hier mussten sie nun die Felsen abwärts klettern, um über zwei Vorsprünge den Hirsch zu erreichen. Ohne zu wissen warum, hegte Alfred die Vorstellung, dass der verunglückte Jäger vom Standplatz der Hirschstatue abgestiegen sein musste, bis zu jener Stelle, von der er dann auf die Straße gestürzt war.

Marian Ziggl bat um eine Auszeit. Das Hinaufklettern, so meinte er, sei die eine Sache. Da müsse man schließlich nicht nach unten schauen. Aber beim Hinunterklettern, wie es nun bevorstand, da sei die Aussicht in die Tiefe nun mal nicht mehr zu vermeiden. Und er, Marian Ziggl, er habe leichte Probleme damit. Wenn Ziggl nicht sowieso schon von Natur aus weiß wie ein Käse gewesen wäre, dann hätte es ihn jetzt, beim Anblick des Abgrundes, sicher noch einmal eingebleicht. Man hätte vielleicht ein Seil mitnehmen sollen. Alfred besaß eines. Ein Abschleppseil. Es lag im Kofferraum des roten Flitzers. Aber noch mal runter und wieder rauf ... Das war zuviel verlangt.

Der Kompromiss war, dass Alfred eine Zigarette rauchte und Ziggl sich währenddessen an den Anblick der Tiefe gewöhnte. Ein paar Stockwerke unter ihnen blitzte das Blech des Hirsches im Sonnenlicht. Noch weiter unten rauschte atemlos und unaufhörlich die Karawane der PKW vorbei. Ob sie die günstigste Route gewählt hatten, konnte man nicht sagen. Sicher hatten vor ihnen schon andere den Hirsch besucht. Irgendwie musste er ja auch da oben montiert worden sein. An einer Stelle hing sogar ein Karabinerhaken in der Felswand. Wenn man den Unterschied zwischen Klettern und Klammern großzügig übersieht, dann haben Alfred und Ziggl den Hirsch tatsächlich erklettert. Irgendwann hatten sie es jedenfalls geschafft, mehr auf dem Hosenboden und gegen ihren Willen, aber immer in die richtige Richtung. Schweißgebadet standen sie neben dem Hirsch. Ziggl sah aus, wie dem Tod von der Schippe gesprungen. Er zitterte wie ein Alkoholiker, und es stand zu befürchten, dass man für seinen Rückweg die Feuerwehr mit der Drehleiter würde rufen müssen. Er hielt sich am Hirsch fest und man sah ihm an, dass er ihn nicht mehr loslassen würde. Allerdings entdeckte Alfred, dass es auf der anderen Seite des Felsens einen leichten Abstieg gab, hinunter zum Jägerpfad. Auf dem Hosenboden würde man dort leicht zu Tal rutschen können. Dort wäre sicher auch der Aufstieg viel einfacher gewesen.

Der Hirsch bot gleich mehrere Überraschungen. Er trug zahlreiche Inschriften von Besuchern, die sich hier mit schwarzem oder rotem Filzstift verewigt hatten. Die meisten auf dem Bauch, manche auch zwischen dem Geweih. Der Zahl der Zigarettenkippen nach zu urteilen, die um die Hirschstatue herum verstreut waren, traf sich hier regelmäßig die Liga der militanten Raucher. Ein schwarzer Aschehaufen deutete darauf hin, dass auch schon Lagerfeuer stattgefunden hatten. Außerdem standen zwei Farbeimer zu Füßen des Hirsches. In einem steckte noch ein eingetrockneter Pinsel. Ein zweiter

Pinsel lag etwas abseits auf dem Felsen. Der Hirsch selbst, mannshoch, stolz und muskulös, reckte wie seit Jahrzehnten den mächtigen Kopf gegen die Sonne. Eine formidable Aussicht bot sich von hier, sowohl hinunter Richtung Falkensteig, als auch hinauf in die nächsten Kurven des Höllentales. Den besten Platz hatte der Hirsch, er stand auf einem Betonsockel auf einer Art Felsabsatz und blickte kühn bergwärts. Aber viel Bewegungsspielraum erlaubten die Platzverhältnisse hier oben nicht. Ein falscher Tritt und es würde unten auf der B 31 Verkehrsbehinderungen geben. Wind und Wetter hatten das Blech des Hirsches gebleicht und stellenweise grünlich eingefärbt. Nur die beiden Vorderläufe sahen anders aus. Sie glänzten silbern von frischer Farbe. Es war der Silberlack aus den beiden Farbtöpfen, die daneben standen.

Alfred schnüffelte am Farbeimer, versuchte den darin eingetrockneten Pinsel umzurühren und verglich die Farbspuren. Bei Ziggl keimte der gleichen Gedanke: „Jemand hat versucht, den Hirsch anzumalen und hat mittendrin aufgehört."

„Weil er gestört wurde ...", setzte Alfred die Überlegung fort.

„Von einem Jäger?" spekulierte Ziggl.

Sie ließen diesen Gedanken auf sich wirken und glichen ihn mit den Ereignissen jener Nacht ab, in der ein toter Jäger vom Himmel gefallen war. Eine Zigarette später hatte Alfred ein paar Bruchstücke sortiert: „Es müssen mehrere gewesen sein. Einer alleine braucht keine zwei Pinsel. Mindestens zwei Personen haben versucht, den Hirsch anzumalen."

Ziggl nickte.

„Ich stelle mir das mal vor: Irgendwelche Witzbolde sind dabei, mitten in der Nacht den Hirsch vom Hirschsprung silbrig anzumalen. Das soll es geben. Dann werden sie von einem Jäger gestört und ergreifen die Flucht. Anschließend stürzt sich

der Jäger aus Verzweiflung über die Schändung des Hirsches in die Tiefe!"
Ziggl hob belehrend den Zeigefinger: „Und gibt vorher noch einen Warnschuss ab, oder hinterher!"
„Ah, den Schuss, den hatte ich vergessen. Aber wieso hinterher? Da war er doch schon abgestürzt!"
„Sag ich doch! Der Schuss fiel, nachdem der tote Jäger schon auf der Straße lag. Das habe ich schließlich mit eigenen Ohren gehört."
„Nur komisch, dass die Polizei die Farbeimer nicht gefunden hat", grübelte Ziggl. Alfred hatte dafür eine Erklärung: „Entweder sie hat den Fels gar nicht bis hier oben untersucht, oder sie hat die Farbeimer für Müll gehalten und nicht mitgenommen. Sie hat ja auch all die Cola- und Bierdosen liegen lassen, die man hier oben findet."
Eine Weile grübelten sie gemeinsam gegen den Himmel. Schließlich ließ Alfred sich neben dem Hirsch auf dem Hosenboden nieder. Zuvor hatte er das Blechtier mehrmals umrundet und genauestens untersucht. Außer den Farbspuren war ihm dabei nichts Verdächtiges aufgefallen. Nun aber, da er saß und plötzlich von unten den Blick auf den Hirsch hatte, fiel ihm ein weiteres Detail auf. Im Unterbodenblech klaffte ein Loch, etwa da, wo der Hirsch seine Hirschstelle hatte. Dieses ganze Teil hatte der Bildhauer sowieso nur sehr zaghaft angedeutet, eher stilisiert als realitätsgetreu, aber nun war es gänzlich verfremdet. Alfred pfiff durch die Zähne. „Jemand hat ihm die Eier abgeschossen", informierte er Ziggl. Das interessierte selbst den Jagdgegner. Gemeinsam studierten sie das Einschussloch, denn um ein solches handelte es sich. Es war groß genug, um mit einem Finger hineinzugreifen. „Wäre er ein echter Hirsch, dann hätte es sich ausgeröhrt", kommentierte Alfred mitleidslos. „Der Schuss muss

von schräg unten gekommen sein. Der Schütze stand also irgendwo da unten auf dem Felsabsatz."
„Vielleicht war es sogar der Schuss, den ich gehört habe?" spekulierte Ziggl.
Alfred bohrte wie ein Urologe mit dem rechten Zeigefinger in dem Einschussloch herum. Seine Hoffnung blieb unerfüllt: „Es gibt keine Austrittstelle. Also muss die Kugel noch irgendwie da drin sein. Vielleicht finden wir sie."
Sie versuchten es mit kleinen Ästen, mit Alfreds Schnürsenkel, mit einer Kugelschreibermine, mit Streichhölzern. Nichts zu machen. Irgendwo im hohlen Hirsch lag unerreichbar die Kugel. Marian Ziggls Brillengestell, Krankenkassenmodell, ermöglichte den größten Suchradius. Bingo! Irgendetwas kullerte in den Blechinnereien. Zwei drei Versuche, dann kam tatsächlich die Kugel zum Vorschein. Zusammengeknautscht wie ein Gummibärchen. Sie erinnerte Alfred frappant an die Kugel, die sie aus Linus' Porsche gepult hatten.
„Wir nehmen die Kugel und die Farbeimer mit", entschied er. „Es wäre doch gelacht, wenn wir nicht etwas mehr über ihre Herkunft herausbekommen sollten."

PUZZLESTÜCKCHEN

Nach dem geglückten Abstieg vom Hirschsprungfelsen war Alfred so euphorisch gewesen, dass er in spontaner Heldenstimmung und alle Bedenken und Selbstzweifel über Bord werfend mit dem Handy Susis Nummer wählte. Ein Mann der Tat! Erst Todesgefahren im Felsen, dann lässig zum erotischen Date. Susi schien erfreut über seinen Anruf. Sie sagte aber trotzdem ab. Sie habe am Abend schon eine Verabredung, was Geschäftliches, wie sie sogleich nachschob, als sie das Absacken in Alfreds Stimme wahrnahm. Er solle doch am nächsten Tag noch mal anrufen, oder übermorgen, oder am Wochenende, ganz wie ihm zumute sei. Sie würde sich freuen, von ihm zu hören. Alfred wollte die Angelegenheit eintüten: „Also morgen Abend?“

„Du wirklich, das kann ich jetzt noch nicht sagen“, flötete sie zurück. „Ich muss erst sehen, was morgen ansteht. Ruf doch morgen noch mal an. Weißt du, so weit im Voraus, das ist nicht meine Sache, da kann ich mich nicht festlegen.“ Küsschen und Tschüs! Schon hatte sie aufgelegt.

Alfred stand belämmert wie ein Jäger nach dem fünften Fehlschuss auf dem Parkplatz. Hatte sie ihn nun abblitzen lassen oder vertröstet? Oder hatte er einfach nur einen ungeschickten Moment erwischt? Immerhin, sie hatte ihn ermuntert, es am nächsten Tag nochmals zu versuchen. Er würde es tun.

Außerdem kam die Absage gar nicht so ungelegen. Mit Linus zusammen wollte er nämlich am Abend nochmals Rickert und Hoffmann beschatten. Mit den beiden hatten sie noch ein Hühnchen zu rupfen. Und es ging darum, Beweise zu beschaffen, um den beiden das Handwerk zu legen.

Redaktionsleiter Leuchter stand am gleichen Nachmittag als Zaungast bei einer Beerdigung auf dem Hauptfriedhof in Freiburg. Die Behörden hatten ein paar Tage gebraucht, um den Leichnam des abgestürzten Jägers freizugeben. Bei Leuchter war es der journalistische Instinkt, der ihn zu dessen Beerdigung lockte. An der ganzen Geschichte stimmte etwas nicht, es gab da noch zu viele Fragezeichen. Warum gab die Polizei den Namen des Toten nicht bekannt? Das war unüblich. Normalerweise war eine Leiche frei zur publizistischen Ausschlachtung. Kriminalkommissar Jöder druckste herum, wandte sich und suchte Ausflüchte, als Leuchter ihn löcherte. Ein 34jähriger Jurist aus Freiburg, das stand in der Pressemitteilung, alles andere „können Sie sich zusammenreimen", so lautete Jöders Empfehlung am Telefon. „Die Angehörigen", so räumte er schließlich ein, „haben darum gebeten, den Namen nicht zu veröffentlichen. Daran halten wir uns." Und er fügte noch hinzu: „Es ist eine sehr einflussreiche Familie." Bis zu diesem Punkt erreichte Leuchters Interesse noch keine Betriebstemperatur. Als er aber anderntags die Todesanzeigen in der Badischen Zeitung las – auf diesem Gebiet war sie unschlagbar – klingelten ein paar Alarmglocken. „Wir trauern um unseren Kollegen und Partner Dr. Armin Lohenfels. Er war jung, hoffnungsfroh und vielversprechend. Eine große berufliche Laufbahn stand ihm bevor. Viel zu früh wurde er durch ein tragisches Unglück aus unserer Mitte gerissen. Wir werden ihm ein ehrendes Andenken bewahren." Unterschrieben war diese Anzeige mit: „Kanzlei Lohenfels, Stocherl und Partner". Gleich daneben stand in gleicher dreispaltiger Aufmachung die Todesanzeige der Familie. Es trauerten hier Dr. Heinrich mit Sonja Fredericke Lohenfels, vermutlich die Eltern, sowie die Geschwister Dr. Egon und Dr. Fabian Lohenfels und Dr. Brigitte Stocherl, geb. Lohenfels, allesamt jeweils mit Familie. Eine dritte Todesanzeige war von einer Jagdgesellschaft „Halali“ geschaltet und beklagte ebenfalls das tragische Dahinscheiden des „treuen Jagdkameraden“, während die Burschenschaft „Germania“ ihre Trauer durch den Wahlspruch „Gott – Ehre – Freiheit – Vaterland“ ausdrückte. Als geübter Todesanzeigenanalyst hatte Leuchter – in dieser Frage unterstützt von seiner Frau und unter Zuhilfenahme des Telefonbuches und des Branchenverzeichnisses – einige Tatsachen herausgelesen: Der Verstorbene hieß Dr. Armin Lohenfels. Er war, anders als seine beiden Brüder und seine Schwester, unverheiratet gewesen und hatte als Rechtsanwalt in der Freiburger Sozietät „Lohenfels, Stocherl und Partner“ gearbeitet, die als eine der drei führenden Kanzleien Freiburgs galt. Namensgeber der Kanzlei waren Dr. Jürgen Lohenfels, der Vater des Verstorbenen, und ein gewisser Albert Stocherl, der sich in Freiburg weniger als Jurist, sondern mehr als Verfasser von Kochrezeptbüchern einen Namen gemacht hatte. Die Familie Lohenfels genoss hohe Reputation. Die Mitgliedschaft in der Burschenschaft Germania sowie die Jagdleidenschaft der ganzen Familie ließen auf ein gewisses konservativliberales Weltbild schließen. Das alles war es aber nicht, was Leuchter zur Beerdigung gelockt hatte. Es war der Vater! Dr. Jürgen Lohenfels. Denn dies war jener distinguierte, grauhaarige Herr, der bei der Podiumsdiskussion oben im „Ahorn“ in Schwärzenbach aufgestanden war und mitdiskutiert hatte. Nur wenige Tage nach dem Unfalltod des eigenen Sohnes und noch vor dessen Beerdigung hatte dieser Dr. Jürgen Lohenfels die Nerven gehabt, auf eine Diskussionsveranstaltung zu gehen, bei der laut Einladung die Jäger Prügel beziehen sollten. Und er hatte dort vom Tod des eigenen Sohnes gesprochen. Leuchter versuchte, sich daran zu erinnern. Irgendetwas an der Tonlage hatte ihn gestört. Es war der anklagende Unterton gewesen, die herausfordernde Formulierung: „Geben Sie zu, dass Sie sich über das Unglück klammheimlich freuen!“ So oder ähnlich hatte Lohenfels formuliert. Und später hatte er noch eine Drohung ausgestoßen. Er werde den Wilderern das Handwerk legen, wenn kein anderer es tue.

Man musste nur die Puzzleteilchen zusammenfügen: Hier der tote Jäger am Hirschsprung. Dann die aufgebrachten Waldbesitzer im Hochschwarzwald, die sich über „Sonntagsjäger aus Freiburg“ ereiferten. Zuletzt die beiden zwielichtigen Typen Rickert und Hoffmann, von denen Albert erzählt hatte. Zwei Polizisten, die nachts auf die Pirsch gingen und mit Rohrzangen den Drahtzaun am Löffinger Schwarzwaldpark knackten. Was es mit denen auf sich hatte, schien ja klar: Sie versorgten die Kneipe Zum Wilddieb mit günstigem Frischfleisch aus den heimischen Wäldern. Und dann die Freiburger Jägersfamilie, die nicht wünschte, dass der Name ihres verunglückten Sohnes bekannt gemacht wurde, es dann aber anderntags per Todesanzeige selbst tat.

Zwischen all dem bestand ein Zusammenhang. Leuchter spürte es. Nur konnte er die Fäden noch nicht an der richtigen Stelle miteinander verknoten. Und deshalb ging er zur Beerdigung.

Es war eine mehr als würdige Veranstaltung. Die Jagdhornbläser standen Spalier und bliesen was das Zeug hielt. Selbst die Windräder auf dem nahen Rosskopf bekamen davon noch einen Schub. Allerlei Grabreden wurden gehalten, die originellste zweifelsfrei vom Rechtsanwaltskollegen Albert Stocherl. Der verglich das Leben nämlich mit einem viergängigen Wildmenü, das er in allen Einzelheiten vor der Trauergemeinde zubereitete, um sie dann mit der rüden Erkenntnis zu schockieren, dass der frühe Tod des geschätzten Dr. Armin

Lohenfels etwa so sei, als habe man nach Waldpilzsuppe und Rehleberterrine, also bereits nach dem zweiten Gang, das Wildmenü beendet. Er faselte noch etwas vom Drama in der „Küche des Lebens“ und hatte sich jedenfalls den anschließenden Leichenschmaus im Colombi-Hotel redlich verdient. Leuchter war dazu selbstverständlich nicht eingeladen. Er stand abseits der Trauergäste, war mehr Zaungast als Teilnehmer. Sein Interesse galt dem stoisch regungslosen Vater des Verstorbenen, Dr. Jürgen Lohenfels. Wie der ganze männliche Teil der Familie zeigte er keine Regung, und wie über die Hälfte der Trauergemeinde hatte er sich in Jägerkluft gewandet. Er blickte ernst und gefasst und hielt seine Frau untergehakt. Ein Schleier verdeckte ihr Gesicht. Die gebeugte Haltung und das immer wieder unter dem Schleier ans Gesicht geführte Taschentuch sprachen aber Bände.
Nicht weit von Alfred, etwas geschützt unter einer Platane, stand noch ein weiterer Zaungast. Eine junge Frau im dunkelgrauen Kostüm. Leuchter registrierte sie nur kurz aus den Augenwinkeln. Jung und unschuldig wie ein aufgehender Pfirsich. Nicht sein Jahrgang. Außerdem war er glücklich verheiratet. Irgendetwas an der Frau beschäftigte ihn aber doch. Ihr Blick und ihre ganze Haltung drückten Kummer aus. Er schielte noch einmal hinüber. Und später, als er sich einige Schritte entfernt hatte, um aus der Distanz ein Foto von der Beerdigung zu schießen, da achtete er darauf, dass er sie mit aufs Bild bekam. Vielleicht war sie ja die heimliche Geliebte des Verstorbenen gewesen.

Die Beschattung von Mark Hoffmann an diesem Abend konnten Alfred und Linus sich schenken. Hoffmann verließ kurz vor 18 Uhr seine Wohnung am Fullberg in Neustadt und ging zu Fuß zum Revier. Eine Verfolgung zu Fuß kam natürlich weder für Linus, noch für Alfred in Frage. Linus fuhr deshalb mit dem Porsche hinunter und meldete wenig später, dass Hoffmann seine Schicht angetreten habe. Alfred wollte daraufhin gerade seinen Beobachtungsposten räumen, als Hoffmanns Auto um die Ecke bog und dessen Freundin Monika Rose ausstieg.

Alfred kurbelte das Seitenfenster am roten Flitzer herunter: „Hallo!"

Sie erschrak und hätte fast die Plastikeinkaufstüte vom Schmidt's Markt fallen gelassen, die sie bei sich trug. „Oh, hallo! Sie sind es!"

„Ich beschatte Ihre Wohnung", sagte Alfred fröhlich.

Sie bekam einen roten Kopf und schaute sich um wie eine ertappte Ladendiebin. „Nicht so laut!" flüsterte sie.

Alfred lachte. „Ich habe noch nichts Besonderes bemerkt. Der Verdächtige verhält sich unauffällig ..."

Sie machte ein böses Gesicht. „Hören Sie auf!" Dann schien ihr etwas eingefallen zu sein: „Beschatten Sie ihn wirklich?"

„Aber klar doch. Tag und Nacht!"

Sie stellte die Plastiktüte ab. Ein Salatkopf arbeitete sich heraus, begleitet von einem Lauchstängel.

„Vorgestern ...?" Sie zögerte.

„Was war vorgestern?"

„Vorgestern Nacht, haben Sie ihn da auch beschattet?"

Alfred wurde wachsam. Vorgestern Nacht, das war die Nacht gewesen, in der man auf Linus geschossen hatte; in der Mark Hoffmann und sein Kumpel Stefan Rickert auf Linus geschossen hatten. Oder jedenfalls einer von den beiden. Er nickte behutsam: „Ja, ich denke schon. Vorgestern auch ..."

„Und ...?"

„Nichts und! Warum fragen Sie? War irgendetwas vorgestern?"

Alfreds Stimme bekam jetzt einen lauernden Tonfall. Er

merkte es und versuchte, harmlos zu klingen. Aber Monika Rose hatte auch etwas gemerkt. Sie trat einen Schritt zurück.

„Ach nichts, ich dachte nur … Sie berichten mir ja sicher, was Sie herausgefunden haben.“

„Wir sollten uns mal zum Kaffeetrinken treffen“, schlug Alfred vor. „Dann übergebe ich Ihnen mein Überwachungsprotokoll.“

„Überwachungsprotokoll!“ Sie schlug sich mit der flachen Hand auf den Mund, als hätte sie etwas ganz besonders Unanständiges ausgesprochen. Dann hob sie ihre Plastiktüte wieder auf. Sie musste beide Hände zu Hilfe nehmen, weil der Salatkopf Richtung Unterstadt auszubüchsen drohte. Dabei musste sie sich weit bücken und offenbarte Alfred einen tiefen Blick in ihr Dekolleté. Beachtlich!

„Ich ruf Sie an. Wir machen einen Termin aus, zum Kaffeetrinken“, rief sie ihm zu, schon halb im Davonlaufen. Alfred verfolgte sie mit bewunderndem Blick, als sie die Treppen zu ihrer Wohnung hinaufstieg. Gut sah sie aus, wirklich gut. Das graue Kostüm stand ihr ausgezeichnet.

DER HOCHSITZ

Da die Beschattung des Wilderer-Duos Rickert und Hoffmann für diese Nacht flachfiel, außerdem kein Rendezvous mit Susi zustande gekommen war, verabredeten Alfred und Linus sich zum Biertrinken. Das ist eine Beschäftigung, derer man selten überdrüssig wird. Sie starteten den Abend in der „Spritz", jener Kneipe in der Scheuerlenstraße in Neustadt, in der seit 150 Jahren die Honoratioren verkehren, ebenso wie das einfache Volk. Wenn man durch die quietschige Tür hereinkommt, steht man in einem niedrigen Schlauch. Decken und Wände sind vom Stumpen- und Zigarettenqualm von vier Generationen Stammgästen gebeizt. In dieser kleinen Wirtsstube hat der Fiskus mehr Tabaksteuer verdient als mit der ganzen Rothändle-Manufaktur in Lahr. Die sozialen Schichten müssen sich in der Spritz ganz zwangsläufig mischen, denn es gibt nur sechs Tische, von denen fünf Stammtische sind. Der sechste steht den Touristen zur Verfügung. Alfred bevorzugte den großen Jedermannsstammtisch direkt gegenüber der Theke. Die Berechtigung, sich an diesen Stammtisch zu setzen, erarbeitet man sich entweder durch regelmäßige Besuche über zwei Generationen hinweg, oder durch einen soliden Beitrag zum Neustädter Allgemeinwohl, sei es als Vereinsvorsitzender, als Stadtrat, als Handwerksmeister oder als städtischer Bediensteter. Formal hat hier Günter, der kauzige schnauzbärtige Wirt das letzte Wort. Manchmal schaut er hinter der Theke hervor wie ein Freischärler im spanischen Befreiungskrieg und jagt den Touristen Angst ein. Die heimlichen Platzhirsche in der Spritz waren aber andere: der dicke – na, sagen wir vorsichtig der rundliche – Malermeister, der knarzige einstige Fabrikinhaber, – seit über zehn Jahren Privatier, ein über 80jähriger Alt-Neustädter, der den Zweiten

Weltkrieg immer noch nicht ganz verloren gab, ein Finanzbeamter, der meistens weise schwieg wie ein Buddha, der pensionierte Geschäftsführer einer Baugenossenschaft, eine Reihe von Stadtarbeitern aller Altersklassen, ein solariumgebräunter Unternehmer mit Vorliebe für „Fernet" und – Alfred, der Redakteur. Ja, diese Position am Stammtisch, die hatte er sich in den letzten zwei Jahren redlich erarbeitet. Ständige Präsenz, Ausharren bis zuletzt, Mithalten beim Fernet-Vernichten, anständiges Benehmen der Wirtin gegenüber, ein ausreichender Fundus an Witzen unter der Gürtellinie, umfangreiche Kenntnisse in den lokalen Geschehnissen, das waren die Qualifikationen, die er mitbrachte. Ansonsten war es an diesem Stammtisch auch wichtig, über alle Ereignissen der Welt Bescheid zu wissen und von einem Thema nahtlos zum nächsten springen zu können. Nach dem Motto: Was kümmern mich Tatsachen, Hauptsache ich habe eine Meinung, durfte man hier jede nur denkbare These vertreten, ohne dass man hinausgeworfen wurde. Ein Zeichen liberaler Grundgesinnung und absoluter Toleranz an diesem Stammtisch. Nur wehe, man sagte etwas über die Feuerwehr, über die Fasnet oder über die unechte Teilortswahl. Hier hörte die Toleranz auf.

Jedenfalls war Alfred willkommen an diesem Stammtisch, und auch Linus wurde geduldet. Er musste sich allerdings jedes Mal, wenn er erschien, lange Belehrungen über betrügerische Versicherungsvertreter und überteuerte Versicherungen anhören. Er ertrug das mit bewundernswerter Geduld und brachte es irgendwie immer wieder fertig, dem einen oder anderen Stammtischgast eine Police aufzuschwätzen.

Für Alfred war der Stammtisch die wichtigste Recherchequelle überhaupt, denn hier erfährt der Redakteur alles Wesentliche in Kurzform. Der Stammtisch in der Spritz ist sozusagen die lebende Wikipedia. Wenn einer etwas Falsches behauptete, dann wurde es sofort vom Nachbarn korrigiert. Man konnte an diesem Stammtisch auch alles Wissenswerte zur Jagd recherchieren. So wie an diesem Abend. Wie der Zufall es wollte, saßen auch zwei ausgewiesene Jäger am Tisch. Der eine hieß van der Trost, der andere Rudele. Beide trugen Vollbärte, nur dass er bei van der Trost eher wuchs wie eine Waldverjüngungsmaßnahme, bei Rudele mehr wie Unterholz. Beide streckten bestiefelte Beine in grünen Hosen unter den Tisch. Van der Trost trug einen grünen Jägerpullover, Rudele ein grünes Jägerhemd. Beide tranken Rothaus-Bier aus Flaschen. Waidmannsdurst!

„Du sollst nicht so einen Scheiß schreiben über die Jagd", nahm van der Trost Alfred frontal an, noch ehe er richtig saß und die erste Zigarette gedreht hatte.

„Das war Leuchter", verteidigte sich Alfred. „Der hat das geschrieben."

„Da stimmt ja wieder mal gar nichts, an dem Artikel", legte van der Trost nach. Das war nichts Neues. Wenn Alfred in der „Spritz" an den Stammtisch kam, dann gab es zwei Gewissheiten. Erstens: Er hatte wieder mal einen Scheiß geschrieben, egal in welchem Artikel, zweitens, es stimmte sowieso gar nichts im Hochschwarzwaldkurier. Alfred war es gewohnt und nahm es gelassen. Wenn er die Schuld nicht auf Leuchter schieben konnte, dann auf die Technik in Konstanz oder auf die Anzeigenabteilung. In diesem Fall war es sogar noch leichter: „Leuchter hat nur geschrieben, was auf dem Jägerabend im Ahorn während der Diskussion gesagt wurde. Er hat nur zitiert ..."

„Aber falsch!" beharrte van der Trost und zwirbelte sich im Vollbart.

Auch Rudele mischte sich ein: „Das mit dem Helikopter-Hun-

ting, ja so ein Humbug. Wer erzählt denn so einen Mist? Wildschweine jagen mit dem Hubschrauber! Ihr habt sie doch wirklich nicht mehr alle ..."
Der Malermeister ergriff das Wort, auch wenn es um ein Thema ging, das ihn nicht betraf und von dem er keine Ahnung hatte. Aber solche Themen waren seine Spezialität: „Vielleicht haben sie die Hubschrauber-Kalkung verwechselt? Der Kalkhubschrauber verjagt schließlich auch die Wildschweine."
Neben ihm setzte sich der Privatier einen Schuss Schnupftabak und nuschelte in den Ärmel: „Was verstehst du denn davon?"
„Es wird auch nicht gekirrt", setzte van der Trost seine Vorwürfe fort: „Wir füttern Wildtiere nur, damit sie nicht an die jungen Baumbestände gehen. Das ist Verbissschutz, den wir betreiben."
Alfred konnte gelassen zuhören, denn von ihm wurden keine Antworten erwartet. Es saßen genug Jagdexperten um den Stammtisch herum. Der über 80jährige Altneustädter erzählte Räuberpistolen aus seiner Jugend, wie er einen Eber mit bloßen Händen aufs Kreuz gelegt hatte und einen Hirsch auf 300 Meter mit einem einzigen Schuss niedergestreckt. Da man von ihm noch Spektakuläreres gewohnt war, denn er hatte auch schon 30 Meter hohe Bäume mit drei Axthieben gefällt und in einer Nacht sieben Jungfrauen aus dem Jostal verführt, wunderte sich niemand über diese Leistungen. Der Finanzbeamte stellte lediglich fest, dass bei den modernen Jagdgewehren mit ihren hochtechnischen Zielfernrohren ein Treffer auf 300 Meter wohl nichts Besonderes mehr sei.
„Was glaubst du denn? Ein Karabiner war's! Mit einem Karabiner hab ich geschossen, auf 300 Meter, ein Schuss, jawohl!"
Der über 80-jährige Altneustädter war nicht nur überzeugt, dass er es in jeder Disziplin locker mit jedem Jüngeren auf-

nehmen konnte, er hatte auch eine besondere Vorliebe für vorsintflutliche Maschinen und Gerätschaften. Mit der Horex sei er damals in den Wald gefahren, das könnten sich die Jungen sowieso nicht mehr vorstellen, mit ihren japanischen Spielzeugmotorrädern. Die Stämme hätten sie seinerzeit mit dem MAN-Zwölftonner aus dem Wald geholt, „ohne Kupplung, nur mit Zwischengas geschaltet". Und geschossen habe man, wie gesagt, mit einem Karabiner aus dem Zweiten Weltkrieg. Die Hirsche seien auch noch schlauer gewesen als heute und hätten es jedem Jäger schwer gemacht.

Weil anschließend noch eine Reihe abfälliger Bemerkungen über moderne Jagdgewehre fielen, wovon „japanischer Scheißdreck" noch die harmloseste war, fühlten Rudele und van der Trost sich herausgefordert, ihre modernen Jagdgewehre zu verteidigen. Sie verglichen Steyrer, Heym, Mauser und andere Hersteller miteinander. Van der Trost schwärmte von seinem Nikon-Nacht-Zielfernrohr. Mit dem habe er kürzlich am Hochfirst nach Mitternacht einen Kerl aus einer Distanz von 500 Metern beobachtet, wie er versucht habe, die Stützstreben eines Hochsitzes anzusägen.

Jetzt genoss er die allgemeine Aufmerksamkeit. „Was hast du gemacht?" wollte der Malermeister wissen.

„Ich hab' geschossen. Über ihn, in die Bäume", erklärte trocken van der Trost. „Mei, der ist gesprungen. Weg war er. Wahrscheinlich ist er den ganzen Hochfirst hinabgerannt, bis er unten am Bahnhof rausgekommen ist." Er kicherte zufrieden.

„Ich hätt' ihm eins aufgebrannt. Mein Schuss wär' nicht daneben gegangen", beteuerte der über 80-jährige Alt-Neustädter aufgebracht und haute mit der Faust auf den Tisch.

„Mein Schuss ist nicht daneben gegangen", korrigierte van der Trost. „Ich habe absichtlich daneben geschossen."

„Hast du den Kerl erkennen können, den Typen, der am

Hochsitz gesägt hat?" wollte Alfred wissen.
„Nikon Nachtfernsichtgerät! Scharf wie das Fernsehbild daheim!" Van der Trost warf sich in die Brust: „Es war irgend so ein Penner oder Gammler. Ein langhaariger Typ, vielleicht ein Obdachloser!"
Während die Stammtischbesatzung verschiedene nicht wiedergabefähige Theorien über Obdachlose, Langhaarige und Gammler austauschte, ratterten bei Alfred die Rädchen. Sollte Marian Ziggl etwa …? Der Verdacht lag nahe. Militante Jagdgegner waren bekannt dafür, dass sie Hochsitze umsägten. Das wäre doch eine Story für den Hochschwarzwaldkurier.
Alfred ließ sich von van der Trost und Rudele beschreiben, wo genau am Hochfirst der Vorfall sich ereignet hatte. Bei der Gelegenheit erfuhr er, dass es in letzter Zeit häufiger mutwillige Zerstörungen an Hochsitzen gegeben hatte. Vorwiegend im Hochfirstgebiet, aber auch am Windeck bei Hinterzarten. Linus empfahl, die Hochsitze gegen Sachbeschädigung zu versichern, er wisse da eine Gesellschaft, die übernehme solche Fälle.
Daran hatte aber weder van der Trost noch Rudele ein Interesse. Man werde den Lumpen schon alleine erwischen, da brauche man keine Versicherung dazu.
Ob man mal einen solchen Hochsitz fotografieren könne, wollte Alfred wissen. Rudele und van der Trost versprachen, Alfred einen angesägten Hochsitz zu zeigen. Er wurde herzlich eingeladen, am nächsten Morgen mit auf die Pirsch zu gehen. Beginn: 4.30 Uhr! Alfred machte den Fehler, dass er die Einladung annahm.

Genau genommen machte er den Fehler, dass er nicht gleich nach dieser Terminvereinbarung nach Hause ins Bett ging.

Stattdessen gönnte er sich zusammen mit Linus noch ein paar Bier in der Spritz. Als van der Trost und Rudele sich verabschiedeten, weil sie nämlich früh ins Bett wollten, um am nächsten Morgen früh zur Pirsch gehen zu können, zogen Alfred und Linus um in Tonis Posthäusle. Das liegt am anderen Ende der Stadt, so dass man es von der Spritz aus nur mit dem Auto erreichen kann, auch wenn man schon sieben kleine Bier intus hat. Alfred fuhr mit dem roten Flitzer, Linus mit dem Porsche, der zwar schon einen neuen Vorderreifen, aber immer noch einen durchlöcherten Kotflügel hatte.

Tonis Posthäusle ist eine Kulturkneipe für Musik, Kleinkunst und Kabarett. Wenn man dort hin geht, dann sagt man, man geht zum „Toni". Hinter dem Kürzel verbirgt sich Anton, ein Alt-74er, obwohl dieser Jahrgang weiter keine Berühmtheit erlangt hat. In seiner Kneipe betreut er eine vier Meter lange Theke und eine Kleinkunstbühne. Toni, der selbst aussah wie ein Straßenmusikant im fortgeschrittenen Stadium, hatte ein Herz für Anfänger und ließ deshalb manchmal von seiner Kleinkunstbühne allerlei Experimente auf die Menschheit los. An den Wänden hingen die Ergebnisse diverser Selbstfindungskurse, Malerei aus Volkshochschulseminaren und aus autodidaktischen Lebenskrisen. Manchmal fanden sich auch echte Rosinen darunter, allerdings hatten weder Linus noch Alfred einen Sinn dafür. Sie tranken bis Mitternacht jeweils drei weitere Bier und stritten, ob es sich bei der Musik, die drei coole Typen von der Bühne herunter ins spärliche Publikum schmetterten, um Blues, Groove oder Swing handelte. Da beide keine Ahnung hatten, kamen sie auch zu keinem Ergebnis. Sie machten aber den weiteren Fehler, dass sie auch nach diesem Konzert keineswegs nach Hause und ins Bett gingen, sondern zur nächsten Station, zum Bacio.

Das Bacio ist ein Nachtbistro mit etwa zehn Sitz- und zwanzig Stehplätzen, in dem immer mindestens hundert Gäste sich gegenseitig auf den Füßen stehen. Die Wirtsleute und ihr kampferprobtes Personal müssen sich, um ein Bitter-Lemon oder ein Alt-Bier an den Mann zu bringen, durch die Menge boxen wie die Bodyguards von Madonna. Da sich das Bacio vom „Toni" aus betrachtet am anderen Ende der Stadt befindet, erreicht man es nur mit dem Auto, auch wenn man schon sieben kleinen Bier aus der Spritz und drei Kugeln aus dem Posthäusle intus hat. Alfred fuhr mit dem roten Flitzer, Linus mit dem Porsche. Sie parkten beim Neustädter Narrenbrunnen.

Alfred war nicht nur gut drauf, sondern auch schon sehr mutig, weshalb er vom Bacio aus den Versuch unternahm, Susi in Löffingen anzurufen. Er wusste zwar nicht, was er ihr mitteilen wollte, aber wenn einem schon mal der Mut packt... Jedenfalls fand sie es nicht lustig, aus dem Schlaf gerissen zu werden. Und wegen des Lärms im Bacio verstand sie auch nicht, was Alfred eigentlich wollte. Zack! Sie legte mit irgendwelchen unweiblichen Verwünschungen wieder auf, und Alfred hoffte hinterher, dass sie seine Stimme nicht erkannt haben möge.

Das Bacio hat irgendwie die ganze Nacht über bis in die frühen Morgenstunden geöffnet. Es ist erstaunlich, wie viele junge Menschen, die am nächsten Tag die Schulbank drücken müssen oder wieder in einer Werkstatt oder einem Büro oder einem Laden ihr karges Azubigehalt erschuften müssen, es hier bis zum bitteren Ende durchhalten. Alfred und Linus gehörten in dieser Nacht auch dazu. So etwa ab 2 Uhr nach Mitternacht hatte Alfred die Durchhalte-Parole ausgegeben. Da er ja sowieso um 4.30 Uhr wieder raus müsse, zur Pirsch mit den Jägern, könne er auch gleich durchmachen.

Im Nachhinein erwies sich das als weiterer Fehler. Als er sich pünktlich um 4.30 Uhr wie verabredet am Postplatz einfand, strahlten die beiden Jägersleute eine beeindruckende Vitalität aus. Frisch wie der junge Luis Trenker, die Flinten geschultert, aufgeregt jaulende Hundchen zu ihren Füßen, so standen Rudele und van der Trost da und hauchten kleine, unternehmungslustige Atemwölkchen durch ihre Bärte in die Morgenluft. Alfred hauchte lieber nicht.

Van der Trost besaß einen Geländewagen der Marke „Survival im Kosovo-Krieg“, mit Rädern, so groß wie Mühlsteine und mit einem klappbaren Verdeck von den Dimensionen eines Campingzeltes. Die Scheinwerfer hingen über der balkendicken Stoßstange wie Bullaugen und als der Motor ansprang klang es, wie beim Bulldog-Oldtimertreffen in Wellendingen. Alfreds Vorschlag, er könne doch mit dem roten Flitzer hinterherfahren, wurde kategorisch abgelehnt. Ebenso Linus' Angebot, mit dem Porsche Begleitschutz zu geben. Daraufhin zog es Linus vor, ganz zu verschwinden. Mit quietschenden Reifen verschwand der Porsche Richtung Hirschenbuckel, wo hinaufzufahren ebenso verboten ist, wie es verboten ist, mit sieben kleinen Bier aus der Spritz, drei Kugeln aus dem Posthäusle und fünf Altbier, einem Wodka-Lemon und drei Bacardi-Cola aus dem Bacio Auto zu fahren. Linus tat es trotzdem.

Alfred hätte es auch getan, wenn van der Trost und Rudele ihn nicht auf den pritschenartigen Rücksitz in van der Trosts Survival-Jeep gezwungen hätten, wo er zwischen zwei aufgeregten Hunden und allerlei frei herumfliegenden Kisten, Eimern und Werkzeugen die Fahrt in den Wald antrat. Auf holprigen Waldwegen, über Stock und Stein und querfeldein erreichten sie schließlich eine Lichtung, irgendwo mitten im Hochfirstgebiet. Alfred fühlte sich wie nach einem Ritt auf

dem Kamelrücken. Sein Schädel brummte und jetzt auch der Hintern. Sie kletterten aus dem Jeep. Die Hunde fiepten und jaulten, als hätten sie einen Elefanten gewittert. Über den Baumwipfeln schlich schon die Sonne heran. Die Waldvögel veranstalteten ein gewaltiges Open-Air Konzert. Es zwitscherte und tirillierte von den Bäumen herunter wie im botanischen Garten der Wilhelma. Alfred saugte beglückt die frische Morgenluft ein. Gar nicht so schlecht!
Dann schlugen sie sich ein paar hundert Meter auf einem fast zugewachsenen Waldweg durchs Unterholz, ehe sie eine weitere Lichtung erreichten, wo laut van der Trost an diesem Morgen der Ansitz stattfinden soll. „Dort ist ein großer Hochsitz. Da passen drei Mann gemeinsam drauf."
Während Alfred noch überlegte, was mit den beiden Hunden geschehen sollte – er konnte sich nicht vorstellen, dass sie mit auf den Hochsitz genommen wurden -, da hörten sie von der Lichtung her ein seltsames Hämmern, Klopfen und Sägen. Van der Trost, der die kleine Gruppe anführte, nahm die geduckte Haltung von Lederstrumpf ein und gab mit der Hand nach hinten das Signal, anzuhalten. Rudele nahm die Flinte von der Schulter, Alfred die Kamera. Die Hunde zerrten an ihren Leinen, kläfften aber nicht. Bravo! Das waren Jagdhunde.
Jetzt erhaschte Alfred einen Blick auf die Lichtung. In ihrer Mitte stand eine ineinander verwachsene Kreuzung aus Buche und Ahorn, garniert mit etwas Vogelbeere. Das mächtige Baumpaar reckte balkendicke Äste in alle Himmelsrichtungen. In den unteren Etagen hing, durch eine kühne Balkenkonstruktion gestützt, ein hüttenartiger, überdachter Jägerhochsitz. Die Luxusausführung eines Hochsitzes. Das Ding wäre – ohne Stützbalken – sicher auch als Gartenhütte durchgegangen. So sah es aus wie Tarzans Wochenendhäuschen.

Am rechten unteren Stützbalken lehnte ein Fahrrad. Am linken unteren Stützbalken mühte sich ein langhaariger, hagerer Kerl mit einer großen Zimmermannssäge ab. Er war dabei, den Stützbalken anzusägen. Dabei ruckte er vor und zurück wie eine Vogelscheuche im Wind.
„Das ist er“, flüsterte van der Trost über die Schulter zurück. „Das ist der Kerl von neulich. Diesmal lassen wir ihn nicht davonkommen.“
Alfred fotografierte eifrig. Mit dem Zoom konnte er den sägenden Irrwisch heranholen. Es war Marian Ziggl, wie vermutet. Der militante Jagdgegner in voller Aktion. Tolle Story!
„Ich gebe einen Warnschuss ab“, kündigte van der Trost an und nahm die Flinte in Anschlag.
„Auf das Fahrrad!“ schlug Rudele vor.
Alfred hegte die Vorstellung, dass nunmehr Millimeter über Ziggls Haarschopf van der Trosts Kugel einen Holzsplitter aus dem Stützbalken herausfetzen würde, so, wie man es eben aus den Westernfilmen kannte. Und außerdem würde es „zoing“ machen. Das war das Geräusch, das Alfred von einem Querschläger mindestens erwartete.
Es machte aber nicht „zoing“.
Stattdessen knallte es ganz gehörig, etwas schlug mit der Gewalt eines Hammers gegen Ziggls Fahrrad und warf es um. Und das Ganze, obwohl van der Trost sein Gewehr noch nicht einmal im Anschlag hatte.
Ziggl ließ die Säge fallen und sprintete Richtung Unterholz, wie ein Indianer, der seinen Skalp in Sicherheit bringen will.
Van der Trost blickte verdattert auf seine Gewehrmündung und stotterte: „Ich … ich … ich hab doch gar nicht geschossen!“
Von der anderen Seite der Lichtung her brüllte eine Stimme laut und befehlsgewohnt: „Halt, oder wir schießen!“

Marian Ziggl rettete sich mit einem Kopfsprung in eine Gruppe Jungtännchen hinein. Ein zweiter Schuss fiel und jagte irgendwo oben in den Baumwipfeln den Eichhörnchen einen Schrecken ein.
Dann kamen auf der anderen Seite der Lichtung zwei Gestalten aus der Deckung gestürmt. Zwei Jäger! Die Flinten quer vor der Brust, wie GI's bei der Erstürmung Bagdads, hetzten sie durch das hüfthohe Gras der Lichtung. Der Vordere brüllte unentwegt: „Halt! Bleib stehen! Komm raus! Wir schießen!" Der Hintere ballerte noch dreimal in die Luft. Dann hatten sie den Hochsitz erreicht und hielten inne. Ziggl war längst verschwunden. Da, wo er untergetaucht war, wackelten nicht einmal mehr die Tännchen.
Van der Trost und Rudele sahen sich an.
„Die Freiburger!" sagte Rudele.
„Diese Idioten!" ergänzte van der Trost.
Alfred zoomte wieder heran und erkannte im Sucher der Kamera in dem Hinteren der beiden Schützen keinen Geringeren als Dr. Jürgen Lohenfels, den Großjägermeister aus Freiburg. Leuchter hatte ihm mehrfach Bilder gezeigt. Lohenfels bei der Podiumsdiskussion im Ahorn; Lohenfels bei der Beerdigung seines Sohnes in Freiburg. Er drückte auf den Auslöser. Jetzt kam zu der Sammlung noch das Motiv „Lohenfels bei der Jagd" hinzu. Und der andere, der Schreihals, der vorne rausgestürmt war und jetzt mit seinen teuren Jägerstiefeln das unschuldige Fahrrad traktierte, das musste dann einer der verbliebenen Lohenfels-Söhne sein. So eine Überraschung!
„Wir sollten sie fragen, was sie hier zu suchen haben", schlug van der Trost vor. „Schließlich ist das unser Revier, und es ist unser Hochsitz."
Sie richteten sich auf und traten auf die Lichtung hinaus. Rudele brüllte vorsichtshalber ein warnendes „Waidmanns-

Heil“, dass man sie nicht etwa mit Gesindel verwechsle. Inzwischen wich bereits die Morgendämmerung einem strahlenden Sommertag und die ersten Mückenschwärme gingen auf Patrouille. Über dem Gras der Lichtung flirrte, surrte und summte es. Heuschrecken wichen ihren Tritten aus und zappten sich panisch in alle Himmelsrichtungen.
Bald standen sie den beiden Freiburger Jägern gegenüber. Man kannte sich: „Hallo Dr. Lohenfels, guten Morgen“, grüßte van der Trost.
Nach dem Austausch einiger Höflichkeitsfloskeln, während derer Alfred mit seiner Kamera von den Freiburgern misstrauisch beäugt wurde, kam van der Trost zur Sache: „Was machen Sie hier? Das ist unser Revier! Sie haben auf einen Menschen geschossen!“
Dr. Jürgen Lohenfels, jetzt mit eisgrauem Blick, winkte ab: „Ich habe auf ein Fahrrad geschossen. Mein Sohn hat in die Luft geschossen. Regen Sie sich ab. Der Kerl sägt Hochsitze um. Das ist lebensgefährlich. Das ist Sabotage!“
„Das kann Ihnen egal sein. Es ist mein Hochsitz. Es ist mein Revier. Das wissen Sie genau.“
Dr. Lohenfels lächelte überlegen. Er überragte van der Trost um Haupteslänge. Auch sein Sohn war einen Kopf größer als van der Trost und Rudele. Die beiden Lohenfels’ wechselten einen kurzen Blick, als wollten sie sich verständigen, wie viel sie preisgeben konnten. Dann schlug Dr. Lohenfels einen verschwörerischen Tonfall an und weihte van der Trost und Rudele ein: „Wir verfolgen zwei Wilderer. Wir sind ihnen schon lange auf der Spur. Heute Morgen haben wir ihnen aufgelauert. Aber irgendwie sind sie uns entkommen. Stattdessen sind wir hier auf diesen Wahnsinnigen gestoßen. Vielleicht hat er auch etwas mit den Wilderern zu tun. In unse-

rem Revier in Hinterzarten hat er jedenfalls auch schon Hochsitze angesägt.“

Alfred bückte sich und richtete Ziggls Fahrrad wieder auf. Es war ein schwarzes Modell aus der Vorkriegszeit. Der Schuss hatte ihm nicht viel anhaben können. Direkt unter dem Sattel saß die Schramme im Gestänge. Dort war die Kugel eingeschlagen. Und dann musste sie abgeprallt sein ..., vielleicht ...? Alfred rüttelte am Sattel. Es klirrte und klunkerte in den rostigen Sattelfedern, dann kullerte Alfred das geknautschte Projektil direkt in die Hand. Es war bereits die dritte Gewehrkugel, die Alfred binnen der letzten vier Tage irgendwo herauspulte: Die Kugel aus dem Porsche, die Kugel aus dem Hirsch, die Kugel aus dem Fahrrad.

Mannomann, das wurde eine Story!

Alfred schlief 24 Stunden seinen Rausch aus, dann schrieb er seinen Artikel. Dieser handelte von angesägten Hochsitzen und einer Schießerei im Wald am Hochfirst. Nach dem „Jägertod am Hirschsprung“, der „Jäger schießen zurück“-Berichterstattung über die Podiumsdiskussion im Ahorn und Alfreds „Wilderer am Wildpark“-Geschichte war dies nun die vierte große Jagd-Story in Folge im Hochschwarzwaldkurier. Alfreds Fotos illustrierten darin anschaulich das Geschehen, auch wenn man Marian Ziggl nicht zweifelsfrei darauf identifizieren konnte. Alfred ließ die Täter-Frage bewusst offen. Für ihn selbst stand zwar fest, dass Ziggl der Hochsitz-Säger war, aber er hütete sich, diese Vermutung in seinem Artikel an irgendeiner Stelle auszusprechen. Stattdessen schrieb er lieber von einer „hageren Gestalt“ und einem „mysteriösen Unbekannten“. Das ließ auch alle Optionen für einen Fortsetzungsartikel offen. Alfred war entschlossen, das Thema ein paar Wochen lang zu strapazieren. Zumal die „Schnarch weiter Redaktion“ von dem ganzen Themenkomplex bisher noch keinerlei Notiz genommen hatte. Sie startete stattdessen zum inzwischen fünften Male gerade eine jeweils halbseitige Serie über esoterische Gesundheitstherapien für alleinerziehende Mütter.

Der neue Hochschwarzwaldkurier mit Alfreds Artikel war noch nicht richtig in den Briefkästen, da trudelte auch bereits der erste Leserbrief ein. Per E-Mail. Absender: Marian Ziggl! Er ergriff darin vehement Partei für den „unbekannten und mutigen Tierschützer“, der es gewagt hatte, unter „Lebensgefahr“ den „mörderischen Tierquälern“ ihr „Freizeitvergnügen“ zu vermiesen. Dem Tenor des Briefes nach kam der Hochsitz-Säger gleich nach den Widerstandskämpfern des

Dritten Reiches und wahrscheinlich entsprach dies auch Ziggls Selbstbild.
Es folgten noch weitere Leserbriefe, zum Beispiel vom Kreisjägermeister, der die „Sachbeschädigung“ finster verurteilte, zumal der Täter dabei auch bewusst in Kauf genommen habe, „dass ein Hochsitz einstürzt und dabei ein Jäger zu Schaden kommt.“ Überhaupt meldeten sich sehr viele Jäger zu Wort, die jeder in einer anderen Variante schilderten, wie sie sich aufopferten, beim Schutz der Natur, bei der Pflege des Wildes und der Hege des Waldes oder umgekehrt. Ein Leser aus Schwärzenbach hatte den wahren Schuldigen im Hochschwarzwaldkurier ausgemacht, der „seit Wochen hetzt und gegen die Jäger aufstachelt“, und er empfahl der „bornierten Redaktion“, sie möge doch mal am Abend beim Lagerfeuerplatz der Schwärzenbacher am Platzberg vorbeischauen, sie sei herzlich eingeladen. Dort könne sie dann etwas hören, was wirkliche Jäger von diesem „Geschmiere“ halten und wie aufopferungsvoll und mühsam das Jägerhandwerk in Wahrheit sei. Wie gesagt, die Redaktion sei herzlich eingeladen, aber sie getraue sich ja doch nicht, der Einladung zu folgen.
Alfred fragte Leuchter, was es mit dem Schwärzenbacher Lagerfeuerplatz am Platzberg auf sich habe, und Leuchter erklärte es ihm. Ein harter Kern von Schwärzenbacher Einheimischen hat nach dem Orkan Lothar, der den gesamten Wald am Platzberg beim Gasthaus Ahorn hinweggefegt hat, im dortigen Sturmbruch einen kleinen Grillplatz hergerichtet, mit Sitzgelegenheiten aus ehemaligen Baumstämmen, mit einer Feuerstelle und mit einer Art Stammtisch, an dem gefeiert werden kann. Und dort träfen sich in lauen Sommernächten die Schwärzenbacher Männer, säßen um das Feuer herum, tränken ein paar Bier und nähmen sich die Zeit, um über die

Kommunalpolitik herzuziehen und um sich zu benehmen wie echte Männer. Gäste seien jederzeit willkommen, müssten aber auf einen rauen und herzhaften Umgangston gefasst sein.

Alfred beschloss, diesem „Stammtisch" demnächst einen Besuch abzustatten.

Vielleicht sollte er Susi dazu einladen. Ob Frauen dort überhaupt geduldet wurden? Seit jenem vernichtenden Abend im Bacio hatte er es nicht mehr gewagt, Susis Nummer zu wählen. Trotzdem geisterte ihm die Frau im Kopf herum. Sie hatte doch mit ihm geflirtet? Sie hatte ihn doch erst verrückt gemacht? Sie wollte doch etwas von ihm, das war doch ganz offensichtlich gewesen. Warum meldete sie sich nicht? Sie hatte doch seine Visitenkarte und seine Telefonnummer. Warum ließ sie ihn zappeln?

Er würde sie anrufen. Das Handy brannte schon in der Jackentasche. Jetzt gleich? Nein! Am Abend. Am Abend würde er sie anrufen. Das war die bessere Zeit. Das wirkte mehr nach Zufälligkeit. „Hallo, du bist mir gerade eingefallen, wir wollten doch wieder mal miteinander …" Am Nachmittag konnte man nicht anrufen. „Hallo, ich habe die ganze Zeit an dich gedacht und es einfach nicht mehr ausgehalten." Unmöglich! Das würde er niemals sagen können, obgleich es sich genau so verhielt.

Also war die Entscheidung gefallen. Alfred würde am Abend anrufen.

Jetzt musste er sowieso erst noch etwas recherchieren. Seit jenem Lokaltermin mit Ziggl am Hirschsprung standen immer noch die zwei Farbeimer mit zwei eingetrockneten Pinseln im Kofferraum von Alfreds rotem Flitzer. Er hatte schon länger vorgehabt, diese Spur weiter zu verfolgen, es aber immer wieder vergessen.

Es musste doch möglich sein, herauszufinden, wo es solche Farben zu kaufen gab. Als er nach den Farbeimern sah, erlebte er eine böse Überraschung: Vor einiger Zeit war Alfred einmal im Kofferraum ein 30-Liter Bierfässchen ausgelaufen. Das war eine schöne Sauerei gewesen, aber reparabel. Er hätte auch nicht geglaubt, dass es ein noch schlimmeres Unglück geben könnte. Er war sich hundertprozentig sicher gewesen, dass die Farbe in den beiden Farbeimern längst fest eingetrocknet war. Silbermetallic! Im Kofferraum des roten Flitzers sah es nun aber aus wie im Innern von Apollo 13. Alles war eingesilbert. Die beiden Farbeimer waren leer. Irgendwie musste das Silbermetallic doch noch gelebt haben. Alfred erinnerte sich an ein verdächtiges Poltern während der Fahrten der letzten Tage. Wahrscheinlich hatte er dem Kofferraum einen Schleuderwaschgang verpasst. Warum hatte er auch nicht nachgeschaut? Jetzt war es zu spät. Silbermetallic glänzten auch das Warndreieck und der Werkzeugkasten. Die Farbe wirkte gut. Alfred stellte sich den Hirsch in Silbermetallic vor. Auf den Farbeimern stand „Argentum-Autolack“. Wer auch immer den Hirsch anmalen wollte, die Idee war gut gewesen.

Aber der Kofferraum war fürs Erste versaut.

Wo bekommt man eine Dose „Argentum-Autolack“? Das war nun die Rechercheaufgabe für Alfred. Im großen Raiffeisenmarkt in Neustadt, wo er zuerst die Regale abklapperte, stieß er zwar auf Tapetenkleister und weiße Wandfarbe, auf Holzlack und Spachtel. Aber Autolack der Marke „Argentum“ – Fehlanzeige!

Es kristallisierte sich im Zuge eines Nachmittags heraus, dass „Argentum-Autolack“ eine gewisse Rarität darstellt. Weder der Handwerkermarkt von Eisen-Stoll, noch die Firma Farben-Beha konnten damit dienen. Auch die örtlichen Auto-

häuser winkten ab. Schließlich blieb Alfred nur noch die Autolackiererei Hipfel im Gewerbegebiet Bildstöckle in Neustadt. Eigentlich hätte er da gleich drauf kommen können. Ein Autolackierer, so war anzunehmen, sollte ja wohl Bescheid wissen über einen silbernen Autolack mit Namen „Argentum".
Gewerbegebiet ist ein etwas hochtrabender Name für das knappe Dutzend Hallen, das sich auf dem Bildstöckle entlang einer einzigen Straße reiht. Die Straße allerdings ist imposant. Breit wie eine Autobahn ermöglicht sie den ansässigen Firmen, ihren Fuhrpark im öffentlichen Verkehrsraum zu parken, was auf dem Firmengelände wiederum Platz schafft, um ein nettes Ein- oder Zweifamilienwohnhaus hinzustellen. Das war zwar im Bebauungsplan so nicht vorgesehen – denn eigentlich waren nur Betriebsleiterwohnungen erlaubt –, aber es hatte wohl noch nie jemanden gestört. Eine der großen Hallen mit angeschlossenem Zweifamilienwohnhaus firmierte als „Autolackiererei Hipfel".
Da Alfred den ganzen Nachmittag mit Recherche im Baumarkt und bei diversen Autohäusern verplempert hatte – dabei war er auf zwei Bier im Coffee-Shop der Shell-Tankstelle hängen geblieben -, kam er erst nach Feierabend bei der Autolackiererei an. Auf dem Firmenparkplatz stand nur noch ein einzelnes Auto, ein Fiesta, in einer atemberaubenden Lackierung: Regenbogen-Metallic! Vor dem linken Hinterrad kniete ein junger Mann in Lederklamotten und mit Irokesenhaarschnitt und sprühte aus einer Dose die Felgen mit Schaum ein. Alfred stellte sich daneben und schaute eine Weile zu. Der Irokese ließ sich nicht ablenken. Den aufgesprühten Schaum rieb er konzentriert wie die Putzfrau im Nationalmuseum auf die Felge ein und scheuerte so lange, bis das Metall glänzte wie ein Weltraumsatellit.
„Sieht klasse aus", lobte Alfred.

Der Irokese erhob sich. Es war ein Jüngelchen von höchstens zwanzig Jahren. Der steif gefrorene Haarkamm auf der Mitte seines ansonsten kahl geschorenen Schädels bewegte sich keinen Millimeter. Vermutlich war er mit Zement angerührt. Der junge Mann selbst hatte ein Pickelgesicht und im rechten Mundwinkel an der Unterlippe den größten Pickel, der allerdings nicht zum Ausdrücken war, denn es handelte sich um ein Piercing. Der schmächtige Oberkörper steckte in einem T-Shirt, dessen Originalfarbe wegen der vielen Lack- und Sprühflecken höchstens noch vom Konservator der staatlichen Kunstakademie hätte rekonstruiert werden können. Alfred schloss wegen dieses Kleidungsstückes messerscharf, dass der junge Mann in der Autolackiererei beschäftigt war. Über dem T-Shirt trug er eine befranste Lederweste, die dünnen Storchenbeine steckten in schwarzen Röhrenhosen, ebenfalls aus Leder, ebenfalls mit Fransen. In der linken Hand die Spraydose, in der rechten den Putzlappen, wiederholte der Lederne Alfreds Feststellung: „Sieht klasse aus!"
Alfred deutete auf seinen wenige Meter entfernt geparkten roten Flitzer, der seit Monaten keine Waschanlage mehr gesehen hatte, und nuschelte: „Den könnte man auch mal polieren."
„Brauchen Sie eine Lackierung?", fragte der Lederjüngling. „Der Chef ist leider nicht da. Sie müssten morgen früh noch mal kommen."
Alfred winkte ab: „Ich brauche nur eine Auskunft!"
Als hätte Alfred mit Überstunden gedroht, wich der Irokese einen Schritt zurück und ging in Abwehrhaltung: „Ich bin nicht zuständig. Ich weiß nichts. Sie müssen morgen früh wiederkommen."
„Es ist nichts Großes", beschwichtigte Alfred. „Ich suche nur nach einer Farbe. Nach einem Autolack!"

„Fragen Sie den Chef, morgen früh ..."
„Du arbeitest doch hier", versuchte Alfred es auf einem Umweg.
„J.., ja!" Die Antwort kam zögernd. Der Irokese fürchtete immer noch, dass ihm der Marterpfahl drohte.
„Gut! Dann kennst du dich doch sicher mit Autolack aus. Das seh' ich doch an Deiner eigenen Kiste. Die sieht aus wie ein Gesellenstück ..."
Der Irokese blickte auf seinen farbenfrohen Fiesta und nickte. „Na, ja, bisschen kenne ich mich schon aus."
„Also, ich habe da so ne Autofarbe. Die ist silbrig und heißt Argentum. Kennst du die?"
Der Irokese zögerte. Alfred schien es fast, als sei sein Gesprächspartner kurz zusammengezuckt. Hatte ihn etwas erschreckt? Der Moment war schon vorbei: „Ich müsste die Dose sehen" sagte der junge Mann. Sein Gesicht hatte hektische rote Flecken bekommen, aus denen die Pickel nun herausstachen wie der Kilimandscharo aus der Steppe.
Alfred ging zum Kofferraum seines roten Flitzers und winkte dem Irokesen, ihm zu folgen. Während er die Heckklappe öffnete, fragte er: „Wie heißt du?"
„Harry!"
„Also Harry, ich bin Alfred. Hier, das ist die Farbdose!" Er lupfte den Kofferraumdeckel und zeigte auf die beiden Farbeimer. Harry schrak zurück, als hätte ihn aus dem Inneren des Kofferraumes ein Blitz geblendet. Wenn sein Irokesenkamm nicht schon ausgerichtet gewesen wäre wie eine Buchsbaumhecke, dann hätte er sich jetzt aufgestellt. Der Schrecken stand ihm ins Gesicht geschrieben: „Wo ... wo ... wo haben Sie das her?"
Alfred warf dem jungen Autolackierer einen misstrauischen Blick zu. Was hatte der nur? Wieso war er plötzlich so ein-

geschüchtert?
Harry beugte sich in den Kofferraum hinein wie ein Dompteur in den Schlund eines Drachens. „Darf ich mal sehen?“ Er griff nach einem der Eimer und nach einem Pinsel. Wie es aussah, hatte er sich wieder gefangen.
„Bitte!“, forderte Alfred ihn auf.
Harry holte sich den Farbeimer heraus, stellte ihn auf dem Gehweg ab und legte den Pinsel quer darüber. „So eine Scheiße!“ sagte er. Aber er sagte es nicht zu Alfred, er sagte es mehr zu dem Eimer.
„Was ist Scheiße?“, fragte Alfred.
Harry zuckte zusammen. Erst jetzt schien ihm bewusst zu werden, dass da noch Alfred neben ihm stand.
„Ach nichts, ich dachte nur…, na ja, ich meine…, halt nur, das ist eine ganz schön teure Farbe. Die teuerste eigentlich, die wir haben.“
„Wie teuer?“ Alfred zeigte auf den Eimer.
„Der Eimer da? Hundert Euro, so ungefähr!“
„Und das kann man einfach so aufpinseln?“
Der Irokese lächelte gequält und wandte sich ein bisschen: „Na, ja, nicht direkt. Das ist ein Basislack auf Wasserbasis, der in 5-6 halben Spritzgängen aufgetragen wird. Nach einer Stunde ist er trocken aber noch sehr weich. Genau dann bringe ich mit einem breiten Borstenpinsel vorsichtig den Bürsteneffekt auf, das muss man etwas üben. Danach kann oben drauf ein Klarlack aufgetragen werden.“
„Aha!“ kommentierte Alfred, obwohl er nichts verstanden hatte. „Ich nehme an, so macht man es, wenn man sein Auto lackiert?“
Harry nickte.
„Und wie würdest du es machen, wenn du nur eine Blechkiste anmalen wolltest? Oder eine Blechwand?“

Wieder wich Harry um einen Schritt zurück. Seine Kilimandscharos standen nun kurz vor dem Ausbruch. Er wedelte abwehrend mit den Händen, als hätte Alfred ihm einen unsittlichen Antrag gemacht. Sein Gesichtsausdruck wurde geradezu panisch. „Ich ..., tut mir leid ... ich muss jetzt gehen. Ich habe keine Zeit mehr ...“ Fast fluchtartig drehte er ab und hastete zu seinem Fiesta. Ruck, zuck saß er drin, hatte den Motor angelassen und brauste davon.
Alfred blieb alleine zurück. Der Farbeimer mit dem Pinsel obendrauf stand auf dem Gehweg, als hätte ein Bautrupp der Straßenmeisterei soeben mit Markierungsarbeiten begonnen.
Während Alfred noch grübelte, was das nun alles zu bedeuten habe, kam ein fetter Audi herangebraust, der aussah, wie ein Chef-Audi. Er hielt genau hinter Alfred, zur Hälfte auf dem Gehweg. Ein Mann mittleren Alters stieg aus, jugendlich im Gesicht aber schon mit einer freundlichen Großschneise im Haarschopf, und wäre fast über Alfreds Farbeimer gestolpert.
„Hey, was ist denn das?“ Der Mann stutzte und blieb vor den Farbeimern stehen. Es handelte sich um Marko Hipfel, den Chef der Autolackiererei Hipfel. Alfred kannte ihn aus den Gemeinderatssitzungen, die er manchmal für den Hochschwarzwaldkurier wahrnahm. Im Gemeinderat saß Marko Hipfel als Mitglied der CDU-Fraktion.
„Das ist ja mein Argentum? Wo kommt das denn her?“
Alfred stellte sich als Redakteur des Hochschwarzwaldkurier vor und lieferte eine Erklärung.
Der Autolackierer stemmte die Fäuste in die Hüften und schüttelte ungläubig den Kopf: „Das ist die teuerste Spezialfarbe, die ich habe. Ich habe immer nur wenige Eimer davon. Für Kunden mit Sonderwünschen. Wo sagten Sie, haben Sie die Eimer gefunden?“

„Im Höllental" formulierte Alfred vorsichtig. Er wollte seine Karten nicht auf den Tisch legen. Marko Hipfel ging einmal in gemessenem Schritt, wie der Elferrat um den Narrenbaum, um den Farbeimer auf dem Gehweg herum. Dann nahm er ihn in der Hocke näher in Augenschein.
„Hier, schauen Sie, der Preisaufkleber! Der Eimer ist aus unserem Geschäft. Hier steht's! Das ist ein Eimer, den jemand bei uns gekauft oder geklaut haben muss." Und dann wurde er geradezu erregt: „Und der Pinsel, ja Herrgott noch mal, das ist doch auch ein Pinsel aus meiner Werkstatt. Jetzt sag ich aber gar nichts mehr!"
Alfred frohlockte. Eine heiße Spur! „Könnten Sie herausfinden, wer diesen Eimer vielleicht gekauft hat?"
Hipfel grübelte, als müsse er eine gewichtige Gemeinderatsentscheidung fällen. Dann nickte er zaghaft: „Ich kann es versuchen. Falls der Eimer gekauft und nicht geklaut wurde. Ich muss unsere Kassenbelege der letzten Wochen untersuchen. Wenn ich diese Preisposition finde, dann kann ich das Verkaufsdatum ermitteln und die Uhrzeit, und dann weiß ich auch, wer die Kasse gemacht hat. Da kommen nicht viele in Frage. Vielleicht war es meine Frau. Und vielleicht erinnert sie sich noch an den Käufer. Bei uns kommen ja fast nur Einheimische herein, die man kennt. Aber ich kann nichts versprechen …"
„Ist es in Ordnung, wenn ich in zwei oder drei Tagen noch mal nachfrage?"
Hipfel nickte: „Ja, ja, kein Problem!"

Nach dieser vielversprechenden Recherche telefonierte Alfred mit Linus. Sie verabredeten sich, um in der Nacht wieder die Beschattung von Hoffmann und Rickert aufzunehmen. Anschließend wählte er Susis Nummer. Ihr Anrufbeantworter teilte ihm zur Musik von Roxy Music mit, dass sie gerade nicht erreichbar sei. Wer auch immer er sei, er möge auf Band sprechen und sein Anliegen formulieren. Alfred schwieg 30 Sekunden lang den Anrufbeantworter voll, resignierte dann und legte auf. Da lief etwas schief!

BALLISTIK

Linus hatte eine Theorie. Sie lautete: Die Unbekannten, die versucht hatten, den Blechhirsch im Höllental anzumalen, waren dabei von Armin Lohenfels, dem Sohn des alten Jägermeisters Dr. Lohenfels, überrascht und gestört worden. Es war zu einem Handgemenge gekommen, dabei rutschte der junge Lohenfels aus und stürzte in den Tod.
„Das würde erklären, warum der Hirsch nicht fertig angemalt wurde. Wer immer diesen Scherz ausgeheckt hat, er hat überstürzt das Weite gesucht, nachdem der Jäger abgestürzt war. Prost!" Linus hob sein Bierglas an die Lippen und nahm einen tüchtigen Zug.
Sie saßen im Wilderer im B 31-Gewerbegebiet in Löffingen. Das Hirschsteak (400 Gramm) hatte beiden gemundet. Eigentlich hatten sie vorgehabt, Hoffmann und Rickert zu beschatten, doch die beiden waren ihnen entwischt. Schuld daran war Alfred gewesen. Sein roter Flitzer blieb plötzlich stehen, als sie hinter den beiden Polizisten her waren, Richtung Kleineisenbach. Linus hielt mit seinem Porsche hinter Alfred an, die beiden Verfolgten entkamen. Nach einer fruchtlosen Untersuchung des Motorraumes und einigen vergeblichen Anlassversuchen kamen sie schließlich dahinter, dass Alfred kein Benzin mehr im Tank hatte. Bis Linus mit dem Porsche aus Neustadt einen Fünf-Liter-Reservekanister mit Benzin gebracht hatte, war natürlich das Thema Beschattung gestorben. So waren sie auf die Idee gekommen, im Wilderer vorbeizuschauen. Schließlich befand sich dort so etwas wie das Basislager von Rickert und Hoffmann. Allerdings konnten sie die beiden nirgendwo entdecken. Auch ihr Auto stand nicht auf dem Parkplatz. Also bestellten sie eben Hirschsteak zum Sensationspreis von 6,90 Euro.

Alfred schmauchte genüsslich seine Selbstgedrehte und dachte über Linus' Theorie nach.
„Wie erklärst du dir dann die Kugel im Bauch des Hirsches?"
Linus gähnte – es war seine dritte Beschattungsnacht in Folge – und hob die Schultern in der Geste des Ahnungslosen: „Weiß ich doch nicht. Vielleicht hat der Jäger vorher geschossen?"
„Hat man ein Gewehr gefunden?"
Linus schüttelte den Kopf: „Eigentlich nicht. Nicht dass ich wüsste."
Alfred kramte sein zerknautschtes Notizbuch hervor und kritzelte hinein. „Das mit dem Gewehr ist eine gute Frage. Vielleicht hat uns die Polizei etwas verschwiegen. Denn was macht ein Jäger in Jägerklamotten nachts im Wald im Höllental, wenn er kein Gewehr dabei hat?"
„Was ist mit der Kugel im Hirsch?" knüpfte Linus an.
Alfred blätterte im Notizbuch, bis er die Adresse fand: „Ich habe alle drei Kugeln zur Analyse in ein Labor geschickt, die Porsche-Kugel, die Hirsch-Kugel und die Fahrrad-Kugel. Hier", er deutete auf den Eintrag in seinem Notizbuch: „An das Institut IBUS, Institut für Ballistik und Schießtechnik in Münster, Westfalen."
„Und was können die herausfinden?"
„Die machen waffentechnische Gutachten bei Gerichtsverfahren, ballistische Berechnungen und Munitionsprüfungen, dort sitzen vereidigte Sachverständige. Sie können herausfinden, aus was für einer Waffe die jeweiligen Kugeln abgeschossen wurden, aus welcher Entfernung und aus welcher Richtung. Ich habe ihnen auch Fotos mitgeschickt, vom Porsche, vom Hirsch und von Ziggls Fahrrad. Damit sie eine Vorstellung von den Fundstellen bekommen."
Während sie so diskutierten, rauchten, Bier tranken und das Hirschsteak verdauten, füllte sich der Wilderer mit überra-

schend vielen Gästen. Es war augenscheinlich, dass die günstigen Preise und die riesigen Portionen ihre Wirkung taten. Publikum aus der ganzen Umgebung. Alfred grüßte an einem Nachbartisch Bekannte aus Hinterzarten, Linus erkannte jemanden aus Donaueschingen. Die Mund-Propaganda in Sachen Wilderer schien zu funktionieren.
„Wenn die Leute wüssten, warum hier alles so billig ist", seufzte Alfred.
„Weil das Fleisch geklaut ist ...", ergänzte Linus.
„Aus dem Wildpark ..."
„Aus dem Wald in Schwärzenbach ..."
„Aus dem Höllental ..."
Linus stutzte. „Aus dem Höllental? Wie kommst du denn darauf?"
„Ich hab da so meine Theorie", meinte Alfred vielsagend.
Er kam nicht mehr dazu, diese Theorie auszubreiten. Ein Schatten baute sich neben ihm auf, räusperte sich. Alfred blickte von seinem Bierglas auf. Am erschrockenen Gesicht von Linus sah er schon, dass Unheil drohte. Neben ihm am Tisch stand Stefan Rickert. Der Polizist und Wilderer. In Jägerkluft.
„N'Abend", grüßte Alfred kraftlos.
„Was habt ihr beiden Frösche hier zu suchen?", fauchte Rickert aus seinem Vollbart heraus. Seine finsteren Augen funkelten böse, er hatte eine drohende Haltung angenommen, die Fäuste in die Hüften gestemmt.
Linus hatte die Sprache als Erster wieder gefunden: „Wir dachten, das hier sei eine Wirtschaft, wo jeder hingehen kann?"
„Witzbold!" kommentierte Rickert boshaft. „Ihr glaubt wohl, ich weiß nicht, dass ihr hinter uns her schnüffelt? Euch habe ich schon lange gerochen." Zu Linus gewand: „Pass bloß auf, dass Deinem schönen Porsche nicht noch mehr passiert!"

Linus blieb geistesgegenwärtig: „War das ein Geständnis?“
Rickert schnaubte wie ein Nilpferd beim Auftauchen und machte Anstalten, Linus vom Stuhl zu werfen: „Sei bloß vorsichtig, du …, du …“ Es fiel ihm kein Schimpfwort ein, das verächtlich genug gewesen wäre.
Alfred, wie Linus eigentlich eher eine halbe Portion, plusterte sich auf: „Wir wissen ziemlich genau Rickert, dass Sie mit Ihrem Kumpel Hoffmann in eine üble Sache verwickelt sind. Wir könnten Sie schon längst anzeigen. Also machen Sie mal halblang!“
Rickert drehte seinen Kasten von Oberkörper wieder zu Alfred hin. Hinter seiner Stirn arbeitete es erkennbar. Er bebte vor mühsam gezügelter Aggressivität.
„Jetzt hör mal her, Bürschchen“, drohte er schließlich und beugte sich dabei ganz nahe zu Alfred herunter, als wolle er ihn gleich auffressen: „Du kannst vermuten, was du willst, und du kannst auch behaupten, was du willst – aber nur ein Satz in deinem Schmierblatt, wenn ich nur einen Satz von deinen dreckigen Behauptungen da lese, dann Gnade dir Gott!“ Und er fügte hinzu, in einem Ton, als würde er Luft ablassen: „Und beweisen könnt ihr sowieso nichts …“
Alfred schob sein Bierglas in Sicherheit und griff in die Innentasche seiner Jacke. Er hatte noch eine Überraschung für Rickert.
„Passen Sie mal auf“, sagte er. „Ich hab da was für Sie. Vielleicht können Sie mir das erklären?“ Er legte ein paar Fotos auf den Tisch und breitete sie aus, so dass Rickert jedes betrachten konnte.
Mürrisch zog Rickert einen Stuhl heran und ließ seinen stämmigen Körper hineinfallen. Dann wühlte er die Fotos durch. Sie zeigten alle das gleiche Motiv. Es waren Bilder von der Beerdigung des verunglückten Jägers Armin Lohenfels. Alfred

hatte sie von Leuchter bekommen, weil nach Alfreds jüngsten Artikeln das ganze Thema an Alfred übergegangen war. Rickert entschied sich schließlich für eines der Fotos und hielt es sich dicht vor die Nase. „Was soll das sein, eine Beerdigung?"
„Kennen Sie jemanden auf diesem Bild?"
Jetzt schaute Rickert noch mal genauer hin. „Was soll das? Was ist das für ein Blödsinn? Was soll ich damit?"
Alfred half ihm auf die Sprünge: „Das ist eine Aufnahme von der Beerdigung von Armin Lohenfels. Das ist der Jäger, der im Höllental tödlich verunglückt ist."
„Na und! Was habe ich damit zu tun?" raunzte Rickert pampig zurück.
Alfred, der sich eine Zigarette gedreht hatte, schleckte das Papierchen ab, klebte es sorgfältig zu und sagte dann so unschuldig wie möglich: „Sie könnten mir vielleicht sagen, was die Freundin von Ihrem Kumpel Hoffmann auf dieser Beerdigung macht?" Und damit deutete er auf eine Frau im grauen Kostüm, die am Rande der Aufnahme unter einem Baum stand, aber deutlich als Monika Rose zu erkennen war.
Rickert schwieg.
„Na?", machte Alfred. Er blies Rickert den Rauch ins Gesicht.
„Leck' mich!" fluchte Rickert und sprang abrupt von seinem Stuhl auf. „Da habe ich doch keine Ahnung, was die da zu suchen hat", warf er Alfred im Weggehen hin. „Frag sie doch selber!"
Dann wühlte er sich wie ein Eisbrecher durch die eng besetzten Tische hindurch zur Theke und verschwand türenknallend im Hinterzimmer.
Alfred und Linus sahen sich an.
„Das hat ihn geschockt", analysierte Linus. „Damit hat er nicht gerechnet!"

„Du meinst, er weiß was? Er weiß mehr, als er zugibt?"
„Der hat doch Dreck am Stecken, dass es knallt. Wir sollten ihn und seinen dämlichen Kumpel endlich anzeigen, wegen Wilderei!"
Die Bedienung kam vorbei, mit einem Giftblick, als habe Rickert sie instruiert, und räumte die Gläser ab. Alfred und Linus bestellten jeder noch ein Bier.
„Ich weiß nicht ...", zögerte Alfred. „Vielleicht sollte ich erst noch mit Monika Rose sprechen. Schließlich habe ich ihr versprochen, herauszufinden, was mit ihrem Kerl los ist. Ich meine, ich muss sie erst informieren, und dann können wir an die Polizei gehen und ich kann die Geschichte im Hochschwarzwaldkurier ausschlachten." Er nahm einen tüchtigen Zug an der Zigarette und fuhr dann fort: „Außerdem habe ich das unbestimmte Gefühl, dass wir noch nicht alles wissen. Warum ist Monika Rose auf der Beerdigung von Armin Lohenfels?"
„Vielleicht kannte sie ihn?"
„Ach Quatsch!" Alfred tippte sich an die Stirn. „Da steckt etwas anderes dahinter. Ich möchte wetten, unsere beiden Wilderer haben irgendetwas mit dem Lohenfels-Clan und mit dem Tod dieses Jägers zu schaffen. Vielleicht haben sie den Kerl sogar vom Hirschsprungfelsen gestoßen?"
„Das wäre Mord!"
„Das wäre eine Bombenstory!"

Die Ergebnisse des ballistischen Gutachtens über die Gewehrkugeln, die Alfred beim IBUS-Institut in Münster eingesandt hatte, bargen eine saftige Überraschung. Man teilte ihm in einem sehr wissenschaftlichen und mehrere Seiten umfassenden Sachverständigenbericht mehr oder weniger Folgendes mit: Die Kugel im Porsche und die im Hirsch waren identisch, aus der gleichen Waffe abgeschossen. Die Kugel aus dem Fahrrad gehörte hingegen zu einer anderen Waffe. Alle drei Schüsse, so das Gutachten, müssen innerhalb der letzten drei Wochen gefallen sein. Zuerst der Schuss in den Hirsch, dann jener in den Porsche, zuletzt der ins Fahrrad. Das stimmte mit der tatsächlichen Chronologie überein. Schlussfolgerung für Alfred: Wenn einer von beiden, Hoffmann oder Rickert, beim Schwarzwaldpark auf den Porsche geschossen hatte, und das stand zweifelsfrei fest, dann hatte der gleiche Schütze auf den Hirsch im Höllental geschossen, und zwar erst in jüngster Zeit. Vermutlich in jener Nacht, als Unbekannte versuchten, den Hirsch anzumalen, und vielleicht war das auch die gleiche Nacht gewesen, in der der Jäger Armin Lohenfels am Hirschsprung in den Tod stürzte. Es untermauerte jedenfalls massiv den Verdacht, dass Rickert und Hoffmann irgendetwas mit dem Tod dieses Jägers zu tun hatten.

Alfred fand, dass er nun die Pflicht hatte, die Polizei anzurufen. Von früheren Erlebnissen her wusste er, wie allergisch die Hüter von Recht und Gesetz reagierten, wenn man auf eigene Faust Kriminalfälle aufklärte und Erkenntnisse für sich behielt.

Mit Leuchters Hilfe wählte Alfred sich bei der Kripo in Freiburg durch bis zum Leiter der Ermittlungen im Todesfall Lohenfels, einem gewissen Kriminalkommissar Jöder.

Er schilderte den ganzen Vorlauf, wie er an die drei Kugeln gekommen war, und was das ballistische Gutachten aussagte. Jöder schnaufte nur ins Telefon und ließ Alfred reden. Unterwegs musste dieser mal fragen: „Hören Sie mir noch zu?“ Jöder bejahte: „Sprechen Sie weiter, es ist hochinteressant!“

Als Alfred geendet hatte, wartete er auf eine Reaktion. Aber Jöder schnaufte nur.

„Hat es Ihnen die Sprache verschlagen? Glauben Sie mir nicht?“
Endlich passierte etwas am anderen Ende der Leitung: „Nein, nein! Ich muss Ihre Aussage erst einmal verdauen. Sie haben mir sehr geholfen. Jetzt schließt sich manche Lücke in unseren Ermittlungen. Ihre Kugeln mit dem Gutachten aus Münster müssen Sie uns natürlich überlassen. Ich werde gleich einen Streifenwagen in Marsch setzen, der die Sachen abholt. Ich brauche auch das Foto von der Beerdigung. Das ist ein Beweismittel.“
„Ein Beweis für was?“ fragte Alfred vorsichtig.
„Ein Beweis im Mordfall Armin Lohenfels“, sagte Jöder schnarrend durchs Telefon.
„Mordfall?“ Alfred war ehrlich überrascht. „Davon weiß ich nichts. Ich denke, er ist abgestürzt, der Jäger. Er hat sich das Genick gebrochen.“
Am anderen Ende der Leitung entstand erneut eine Pause und es raschelte, als eilten zwei Bataillone Mäuse durch die Kabel. Dann hörte Alfred ein schweres Seufzen und schließlich wieder die Stimme Jöders: „Also, ich werde Ihnen jetzt eine Information geben, die so bisher noch niemand hat. Wir haben das bewusst der Öffentlichkeit verschwiegen, weil wir die Ermittlungen nicht beeinträchtigen wollten. Aber jetzt gibt es keinen Grund mehr, es zurückzuhalten: Unser toter Jäger, es stimmt, er ist vom Felsen abgestürzt und die Todesursache war Genickbruch. Aber er hatte eine Kugel in der Schulter sitzen. Eine Gewehrkugel. Sie hat ihn von hinten getroffen. Wir haben Grund zur Annahme, dass er angeschossen wurde und erst dann deswegen abgestürzt ist.“
„Auweia!“ Alfred pfiff durch die Zähne. „Angeschossen!“ wiederholte er.
„Und Sie glauben ...“

Jöder nahm den Satz auf: „Ja, wir glauben, dass er dort am Hirschsprungfelsen von jemandem angeschossen wurde, absichtlich, weil er jemanden bei irgendetwas störte oder im Wege war. Und mit den Informationen, die wir nun von Ihnen haben, ergibt sich ein plausibles Bild: Zwei Wilderer werden von einem Jäger auf frischer Tat ertappt. Es kommt zu einem Schusswechsel. Der Jäger wird getroffen, er stürzt in die Tiefe. Die Wilderer ergreifen die Flucht. Mit der Kugel aus dem Hirsch können wir aber beweisen, dass sie an Ort und Stelle waren."

„Reicht das?" fragte Alfred skeptisch.

„Nicht nur das", fuhr Jöder fort. „Wir haben auch die Kugel aus dem Rücken des Toten. Wir werden bald wissen, ob sie identisch ist mit Ihren Kugeln, die sie aus dem Hirsch und aus dem Porsche Ihres Freundes gekratzt haben. Das wäre dann ein ziemlich eindeutiger Beweis, meinen Sie nicht auch?"

Alfred bejahte: „Und wie geht es jetzt weiter?"

„Sie bleiben schön, wo Sie sind", kommandierte Jöder. „Ich schicke Ihnen zwei Beamte, denen Sie bitte die Kugeln, das ballistische Gutachten und die Fotos übergeben. Gleichzeitig werden wir Haftbefehl gegen die Herren Rickert und Hoffmann beantragen. Da besteht dringender Tatverdacht. Man soll uns nicht nachsagen, wir würden sie schonen, weil sie Polizeikollegen sind."

Alfred beteuerte noch einmal seine Bereitschaft zur Zusammenarbeit, aber die schlimme Befürchtung, die er schon die ganze Zeit hegte, konnte er nicht beseitigen, im Gegenteil, sie bewahrheitete sich, denn Jöder sagte zum Abschluss: „Und natürlich geben wir auch gleich heute noch eine Presseinformation heraus. Damit die Öffentlichkeit informiert ist."

Das war der Supergau! Es war Donnerstagnachmittag. Der nächste Hochschwarzwaldkurier erschien erst in einer Woche, am nächsten Mittwoch. Die BZ würde also fünf Tage Vorsprung in der Berichterstattung haben. Es war zum Heulen. Er hörte schon den Kollegen von der dortigen Lokalredaktion. Der pflegte nämlich, wenn sie sich auf Terminen trafen, was häufig vorkam, süffisant zu spotten: „Schnarch weiter Kollege“.

Sicher war Alfred nicht verliebt. Darauf hätte er schwören können. Verliebt? Er doch nicht. Der coole Redakteur verliebte sich nicht. Schon gar nicht in irgendeine Susi aus Löffingen, die obendrein 15 Jahre älter war als er selbst. Liebe schied also definitiv aus. Es war etwas anderes, was Alfred einen Abend lang in Löffingen von einer Kneipe in die nächste pendeln ließ, in der absurden Hoffnung, irgendwo könne er auf Susi stoßen, die sich seit Tagen beharrlich weigerte, seine Anrufe entgegenzunehmen. Es war Reiz, erotischer Kitzel, der Lockruf des Weibes. Sie nahm nicht ab, sondern hatte immer ihre Mailbox eingeschaltet. Sie rief auch nicht selber an. Und Alfred hatte weder eine Adresse von ihr, noch ihren Nachnamen. „Susi aus Löffingen" – das war selbst für Google eine unlösbare Aufgabe. Vielleicht wohnte sie gar nicht in Löffingen. Alfred erinnerte sich nicht daran, dass sie konkret darüber gesprochen hätten. Eigentlich hatte sie überhaupt nichts von sich preisgegeben, das wurde ihm erst jetzt richtig bewusst.

Ein Neustädter ist in Löffingen ein Nichts, ein Unbekannt. Entsprechend fällt die Behandlung in den Löffinger Gasthäusern aus. In Neustadt hätte man Alfred in jeder Kneipe gekannt und mit Hallo aufgenommen. Anders in Löffingen. Hier wurde Alfreds Tournee durch die Kneipenlandschaft zu einem mittleren Spießrutenlaufen. In der Linde startete er seine Suche, in der Hoffnung, es handele sich vielleicht um Susis Stammkneipe. Zwei Bier lang hielt er es aus, alleine an einem Tisch vor einer Fensternische zu sitzen, und die dicken Mauern zu bestaunen. Dann streunte er durchs Baarstädtchen und erntete mitleidige Blicke im Küferstüble, Geflüster und Getuschel im Hilpert, unangemessenes Schulterklopfen

und ein kumpelhaftes „Ay, wie geht's", von einem Typen, den er nicht kannte, im Pizza und Kebap-House, im Ochsen war Ruhetag und im „Ganterbräu", das ungefähr so dicke Mauern hat wie die „Linde", machte er den Fehler, sich an den Stammtisch zu setzen. Augenblicklich brach ein verblüfftes Schweigen über der Runde herein. Sie bestand aus vier älteren Einheimischen von der Sorte Dorfältestenrat. Der Stammtisch befand sich unmittelbar hinter dem Eingang, eine knappe Armlänge von der Theke entfernt, wo eine ältere Wirtin flink wie eine Junge Gläser in einem Schrankbord verstaute. Wenn man in die Wirtschaft oder ins Nebenzimmer wollte, musste man auf jeden Fall den Stammtisch passieren. Er lag strategisch so günstig wie einst Burg Falkensteig im Höllental. Da aber sonst in der ganzen Wirtschaft kein einziger Tisch besetzt war, folgte Alfred seinem ersten Impuls und ließ sich auf einem leeren Stuhl am Stammtisch nieder.
Ein eisiges Schweigen schlug ihm entgegen. Er setzte sein fröhlichstes Gesicht auf und schmetterte ein erwartungsvolles „Guten Abend zusammen" in die Runde. Die Wirtin hinter der Theke ignorierte ihn allerdings, so dass er keine Bestellung absetzen konnte. Die Situation wurde surreal. Die Männerrunde am Stammtisch schwieg und nippte mit verschlossenen Mienen an den Biergläsern. Alfred fing an, planlos Zeug zu erzählen. Er komme aus Neustadt, sei Redakteur beim Hochschwarzwaldkurier, er habe kürzlich die Geschichte über Wilderer beim Wildpark geschrieben, ob jemand sie gelesen habe ...? Keine Antworten. Der Stammgast links neben Alfred beugte sich unmerklich zu seinem nächsten Nachbarn und kommentierte: „Ich werfe das Blättle immer gleich in die Papiertonne, und du?"
Alfred fühlte sich nicht sehr ermutigt. Er spielte seinen letzten Trumpf aus: „Ich bin ein guter Bekannter von Hansi Kohn-

häuser, dem Modezar von Löffingen."
Prustendes Gelächter gegenüber. Die Herrschaften sahen sich vielsagend an und nippten weiterhin vielsagend an ihren Biergläsern. Ein Gespräch kam aber immer noch nicht zustande. Die Wirtin, die immer noch keine Bestellung entgegengenommen hatte, gab kund, der Hansi Konhäuser, der habe sich schon seit ewigen Zeiten nicht mehr im Ganterbräu blicken lassen. Der hocke lieber in diesem neumodischen Pub im B 31-Gewerbegebiet. Sie sprach Pub aus, wie man es schreibt, nur gedehnt: „Puub". Alfred nutzte geistesgegenwärtig diese Brücke, sprang auf und verkündete in die Runde: „Na, dann will ich dort mal nachschauen. Schönen Abend noch!" Und weg war er.
Wo auch immer Hansi Konhäuser, Modezar aus Löffingen, diesen Abend verbrachte, es war nicht im B 31 „Puub". Alleine und nur Bier trinkend kam Alfred sich auf dem Barhocker bald recht dämlich vor. Hansi Konhäuser tauchte nicht auf und erst recht keine Susi. Zum Lokal gehörte noch die Spielothek „Joker" und Alfred verlümmelte an einem Einarmigen Banditen sein sämtliches Kleingeld. Es ratterte, blinkte und blitzte an der Automatenfront, Jugendliche mit versteinerten Gesichter, ernst wie die Kirchenmessmer, bearbeiteten konzentriert Knöpfe und Hebel. Der Raum lag im Halbdunkeln. Das geschäftige Rattern und Dröhnen der Spielautomaten überdröhnte jegliche Unterhaltung. Alfred hätte sowieso nicht gewusst, mit wem er sich unterhalten sollte. Als das letzte Zwei-Euro-Stück im Schlund des Automaten versunken war und wieder rasende Lichter und Blitze über die Frontseite der Maschine zuckten, hatte Alfred immer noch nicht begriffen, wie das Spiel funktionierte, das er an diesem Automaten spielte. Er hackte energisch auf den Knöpfen herum, immer auf denen, die gerade blinkten und leuch-

teten. Die Kiste trötete plötzlich wie ein Mississippi-Dampfer im Nebel. Neben sich hörte Alfred einen entsetzten Schrei. Ein hagerer Jüngling, zwei Köpfe größer als Alfred, aber dünn wie ein Mikadostäbchen, zeigte auf ein verglühendes Licht in der Mitte des Automaten und stöhnte: „Du hast gerade die Hunderter-Serie weggedrückt!"

Alfred. „Wie bitte?"

Der Spargel zeigte wieder auf die Stelle. Sein Adamsapfel hüpfte aufgeregt den Kilometer zwischen Halsansatz und Kinn auf und ab: „Da! Da! Du hast die Hunderter-Serie gehabt. Wieso hast du sie weggedrückt?"

Zwei, drei andere Gäste im Raum, ebenfalls Jugendliche, die allesamt so aussahen, als hätten sie seit fünf Wochen kein Tageslicht mehr gesehen, wurden aufmerksam und rückten näher.

„Er hat die Hunderter-Serie weggedrückt", stammelte der Adamsapfel in ehrlicher Verzweiflung und wandte sich hilfesuchend zu den anderen Zaungästen um. Sie alle konnten es nicht fassen. Da kommt so ein Sonntagsspieler, investiert zwei Euro, holt die Hunderter-Serie und ist dann zu blöd, sie in klingende Münze umzusetzen.

„Das hätten locker zwei- oder dreihundert Euro werden können", klagte der Spargel. Ein Knabe mit gegeeltem Haar und gestanztem Ohr kommentierte: „Ist der zu blöd, vielleicht?"

Alfred spürte, dass er schlechte Karten hatte. Im besten Falle ging er als Idiot aus der Angelegenheit hervor. Jedes Wort der Verteidigung wäre verschwendet gewesen, insbesondere Erklärungen darüber, dass er sich mit dem Automaten nicht auskannte und gar nicht gewusst hatte, dass ihm gerade eine Hunderter-Serie geleuchtet hatte. Um wenigstens noch etwas zu retten, obgleich es lächerlich war, drückte er den Auszahlungsknopf und ließ sich die 1,10 Euro, die noch nicht verspielt waren, vom Automaten auswerfen. Klimpernd fielen die Münzen durch den Schacht. Es klang wie ein Gewinn, war aber nur die Auszahlung des Restgeldes. Trotzig sammelte Alfred die Münzen ein und verließ durch ein Spalier dämlich glotzender Nachwuchshoffnungen die Spielothek.

Das war's wohl gewesen, mit diesem missglückten Abend in Löffingen.

Aber wenn er schon einmal im Löffinger B 31-Gewerbegebiet war, dann konnte er ja noch einen kleinen Abstecher zum Wilderer machen. Wenigstens mal vorbeischauen, wie dort jetzt die Stimmung war, nachdem am Vortag in Neustadt die beiden Kumpane Stefan Rickert und Mark Hoffmann verhaftet worden waren.

Über die Verhaftung stand heute schon ein großer Artikel in der Badischen Zeitung, ausführlich und in protziger Aufmachung, allerdings ohne einen Hinweis auf die Rolle, die Alfred und Linus bis dahin bei der Aufklärung des Falles gespielt hatten. Dafür war der Artikel, der ständig nur von „zwei Tatverdächtigen aus dem Hochschwarzwald“ sprach, so gespickt mit Andeutungen und versteckten Hinweisen, dass selbst der dümmste Leser dahinter kommen musste, dass es sich bei den Verhafteten um zwei Polizisten vom Neustadter Revier handelte, 28 und 36 Jahre alt, und dass einer dieser Polizisten der Bruder eines Gastwirtes war, welcher „erst jüngst im Löffinger B 31-Gewerbegebiet ein gut gehendes Restaurant mit Wildspezialitäten eröffnet hat.“

Rickert und Hoffmann konnten, da sie ja verhaftet worden waren, an diesem Abend nicht im Wilderer sein. Was aber machte dann Hoffmanns Auto auf dem Parkplatz der Gaststätte? Es war eindeutig Hoffmanns Auto. Ein käsebrauner Toyota mit einer „Kenwood“-Blende auf der Heckscheibe.

Auch das Nummernschild stimmte. Dieses Auto und dieses Nummernschild kannte Alfred von nächtelangen Beschattungen auswendig. Wenn aber Hoffmann nicht gefahren sein konnte, weil er ja verhaftet worden war, dann musste …

Ehe er den Gedanken ganz zu Ende gedacht hatte, drückte er sein Gesicht an die Scheibe und starrte ins Innere der Gaststätte. Der Wilderer war wie immer gut besucht, und an einem kleinen Katzentisch in einer Ecke saß sie tatsächlich: Monika Rose. Sie war alleine. Klar, ihr Verlobter saß ja im Knast. Sie sah sehr eingeschüchtert und hilflos aus. Vor sich hatte sie ein Glas Tee stehen, in dem sie gedankenverloren herumrührte.

Entschlossen trat Alfred ein. Schnurstracks marschierte er auf den kleinen Tisch zu, und ehe Monika Rose richtig protestieren konnte, saß er ihr schon gegenüber.

„Guten Abend! Ich hoffe, ich störe nicht?“

„Doch!“

„'Tschuldigung.“

Alfred schwieg. Sie sah ihn aus ihren treuherzigen Jungfrauenaugen an, als müsse er nun gleich aufstehen und höflich das Feld räumen. Alfred machte aber keine Anstalten dazu. Sie sah wirklich wie ein rosiger Pfirsich aus, selbst im dämmrigen Licht der Wilderer-Gaststube. Sie trug ein keusches Blüschen, weiß mit komischen afrikanischen Kringeln, zugeknöpft bis ans Schlüsselbein, und eng anliegende Jeans. Man hätte einen echten Feger aus ihr machen können, dachte Alfred, als er seitlich am Tisch vorbei die Silhouetten ihrer übereinander geschlagenen Beine studierte. Mark Hoffmann war ein beneidenswerter Idiot. Statt seine Karre so an die Wand zu fahren und sich mit dem üblen Rickert die Nächte im Wald um die Ohren zu schlagen, hätte er sich lieber um seine knusprige Verlobte kümmern sollen.

Alfred seufzte und beugte sich vor: „Ich glaube, ich habe Ihren Fall gelöst!"
Sie rührte im Tee und hielt den Blick gesenkt.
Während er weiter redete, studierte er den zarten Flaum an ihrem Haaransatz. Sie hatte das Haar streng hinter den Ohren zurückgekämmt und Alfred stellte sich vor, wie es wäre, zärtlich an ihren Ohrläppchen zu knabbern.
„Sie wissen es ja wahrscheinlich schon selbst. Wie ihr Verlobter die Nächte rumgebracht hat. Jedenfalls war es nicht ... war es keine ..., keine ..., keine andere Frau."
Wieso war es so schwer, dies auszusprechen?
„Das habe ich sowieso gewusst", zischte sie entrüstet über ihr Teeglas hinweg.
„Aber ausgefressen hat er schon was, da hatten Sie die richtige Nase."
„Er ist unschuldig. Er hat nichts ausgefressen! Rickert ist schuld. Der hat ihn angestiftet."
„Das mag ja sein." Alfred war entzückt, wie süß sie war, wenn sie sich empörte, was sie eigentlich ständig tat. „Aber immerhin war Ihr Verlobter dabei, und wahrscheinlich hat er auch manches Wild geschossen ...?"
„Ich weiß es nicht", seufzte sie erkennbar ratlos, wobei sich unter der Bluse ihre Brust anmutig hob und wieder senkte.
„Ich sage Ihnen mal meine Theorie", bot Alfred Hilfe an. „Stefan Rickert hat Ihren Verlobten angestiftet zur Wilderei. Jedenfalls war er die treibende Kraft. Die zwei haben das Fleisch hier in die Wirtschaft gebracht, wo Rickerts Bruder es zu preisgünstigen Portionen weiterverarbeitete. Die Wirtschaft hat vor einem halben Jahr erst eröffnet, also geht die Geschichte mindestens schon so lange. Und so wie ich ihn einschätze und inzwischen kennen gelernt habe, hat Ihr Verlobter mehr und mehr ein schlechtes Gewissen bekommen.

Aber er konnte ja nicht mehr zurück. Und deshalb kam er Ihnen so seltsam vor. Deshalb haben Sie ihn nicht mehr wieder erkannt. Deshalb haben Sie sich voneinander entfremdet."
Sie nickte: „Ist das alles?"
„Nein!"
Sie blickte auf. Mit dieser Antwort hatte sie nicht gerechnet. Ihre Augen weiteten sich und Alfred erkannte Tränen in den Wimpern.
„Eines Nachts ist etwas völlig schief gelaufen", erklärte Alfred. Er beugte sich noch weiter vor, über den Tisch, und flüsterte, so dass keiner an den Nachbartischen mithören konnte: „Es gab ein Unglück. Ein Missverständnis. Eine Verkettung widriger Umstände. Ich weiß es nicht, jedenfalls ging etwas schief. Im Höllental kam ein Jäger ums Leben. Und ich vermute, Stefan Rickert und Ihr Verlobter haben damit etwas zu tun."
Sie kniff die Lippen zusammen und schüttelte im Zeitlupentempo den Kopf, als wolle sie das Schicksal zwingen, etwas Geschehenes ungeschehen zu machen.
„Ein Jäger aus Freiburg wurde von einer Kugel getroffen. Anschließend stürzte er vom Felsen auf die B 31 hinunter und brach sich das Genick. Das haben Sie sicher in der Zeitung gelesen."
Sie blieb immer noch stumm. Aus der Tiefe ihrer Brust, die jetzt so entzückend wogte, dass Alfred den Blick nicht mehr abwenden konnte, entrang sich ein aufkeimendes Schluchzen.
„Er ist unschuldig", beteuerte sie.
„Die Polizei hat Kugeln, die sie vergleichen kann. Sie wird herausfinden, wer auf den Jäger geschossen hat..."
„Hören Sie auf, hören Sie auf ..." flehte Monika Rose und richtete den Blick jetzt fest auf Alfred. „Sie brauchen mir das nicht alles zu erzählen. Ich weiß selber, was passiert ist."

Jetzt war es an Alfred, ein verdutztes Gesicht zu machen. „Was wissen Sie?"
„Ich habe mit Mark gesprochen." Ihre Worte versanken in einem herzerweichenden Schluchzen, so dass Alfred, Instinkt, Instinkt, nicht anders konnte, als Monika Roses Hand zu nehmen und fest zwischen seinen eigenen beiden Händen zu drücken. So saßen sie eng zueinander hingeneigt am Tisch und sie erzählte unter Tränen weiter: „Er hat mir alles gestanden. Er hat mir erzählt, was in jener Nacht passiert ist. Sie..., sie, Rickert und er, ... sie sind irgendwie auf diese Jäger gestoßen. Und die Jäger haben geschossen. Sie haben auf Mark geschossen ..." Ein Sturzbach von Tränen erstickte den Redefluss. Monika Rose wurde schier geschüttelt. Alfred drückte ihre Hand noch fester und beugte sich noch weiter vor. Fast hätten ihrer beider Köpfe sich berührt. Er ließ sie nicht mehr los. Sie konnte nicht zurück. „Und dann ..., und dann stand plötzlich dieser Jäger vor ihnen und hat gebrüllt und gebrüllt, und er ist gestolpert und getaumelt ..., und Mark wollte ihn noch festhalten, doch da stürzte er schon den Felsen hinunter ... und ... und ... sie konnten nichts mehr machen, ... und dann schossen die Jäger noch einmal, und da sind sie davongerannt, Mark und der Rickert, sie sind davon gerannt, irgendwo den Berg hinauf ..., bis ..., bis sie außer Schussweite waren. Aber sie hätten dem abgestürzten Jäger ja doch nicht helfen können ..., ich weiß es, ich glaube es. Und sie haben kein einziges Mal geschossen. Sie haben nicht zurückgeschossen. Nur die Jäger haben geschossen ..."
Sie schnäuzte so von innen und so von tiefstem Herzen, wie ein Kind, nachdem es etwas Schreckliches gebeichtet hat, und sie erwiderte so dankbar Alfreds Händedruck, dass ihn alles überströmte, was die Evolution an Beschützer- und Vaterinstinkten in ihm übrig gelassen hatte.

Eine Weile ließ er sie schluchzen, schwieg dazu, drückte ihre Hand und studierte, wie ihr Busen unter der Bluse in Bewegung geriet. Er war nahe dran. Schade nur, dass sie so zugeknöpft war. Er war so nahe, dass er sie jederzeit hätte küssen können. Und der Impuls dazu war nicht klein.
„Und weshalb sind Sie zur Beerdigung von Armin Lohenfels gegangen“, fragte er schließlich nach einer Weile.
Sie schniefte noch mal kurz und erklärte dann: „Na ja, ich hatte so ein schlechtes Gewissen. Ich hatte irgendwie das Gefühl, es sei meine Pflicht, es könne irgendwie das Geschehene mildern ... oder so ähnlich. Ich weiß auch nicht recht.“ Sie unterbrach sich selbst abrupt und blickte auf. Irgendjemand war neben den Tisch getreten. Alfred schaute ebenfalls auf. Mein Gott! Es war Susi. Susi stand neben dem Tisch, Hansi Kohnhäuser und Luzy im Schlepptau. Sie sah glänzend aus, mit ihrer roten Haarwolke, aber auch rechtschaffen erzürnt.
„Hallo ihr Turteltäubchen“, grüßte sie spitz. Sie winkte kokett mit den Fingerspitzen und drehte ab mit den Worten: „Ich will nicht weiter stören. Schönes Schäferstündchen noch ...“
Alfred, der etwas sagen wollte, blieb mit offenem Mund stumm sitzen, als hätte ihn Aliens mit irgendeiner Lähmwaffe an Ort und Stelle festgenagelt.
Monika Rose, die vorsichtig ihre Hand aus Alfreds Umfassung herausgezogen hatte, sah der davonschwirrenden Dreiergruppe nach und kommentierte anerkennend: „Tolle Frau, oh weh. Sie hat uns falsch interpretiert ...“
Alfred ließ sich resigniert in seinen Stuhl zurückfallen. „So sehe ich das auch“, pflichtete er bei.
„Aber wollen Sie das nicht sofort richtig stellen? Sie müssen hinterher ...“
Diese Kraft brachte Alfred nicht auf. Stattdessen drehte er sich eine Zigarette. Der Abend war gelaufen.

DIE JAGD BEGINNT

Mit Marian Ziggl, dem Wüterich, hatte Alfred eigentlich nicht mehr gerechnet. Irgendwie war er davon ausgegangen, dass Ziggl sich immer noch im Unterholz versteckt hielt, nach jenem missglückten Säge-Anschlag auf den Hochsitz am Hochfirst. Aber Ziggl war kein scheues Reh, sondern eher ein angeschossener Eber. Und die sind von der Art, dass sie auf ihre vermeintlichen Gegner losstürmen, anstatt sich zu verstecken. Jedenfalls stand er plötzlich wieder in der Redaktion des Hochschwarzwaldkurier. „Ich verlange eine Gegendarstellung!"

Ziggl gehörte zu jener Sorte von Leuten, die ziemlich schnell waren mit „Verlangen", „Fordern" und „Erwarten". „Ich verlange eine Gegendarstellung. Ich fordere einen Platz auf der ersten Seite. Ich erwarte, dass Sie unverzüglich reagieren."

Leuchter, vor dem sich der Kämpfer für die Menschenrechte aufgebaut hatte, blickte mit dem ihm eigenen freundlichen Sanftmut von der Schreibmaschine auf und deutete auf Alfred am Schreibtisch gegenüber: „Er macht das Jägerthema!"

Ziggl, durch diesen Empfang um seinen ganzen Elan und um die Wirkung seines Auftrittes gebracht, schnaubte abfälllig und wandte sich unwirsch zu Alfred herum. Der grinste schon.

„Was gibt's?"

Ziggl nestelte ein vierseitiges, eng bedrucktes Schreiben aus der Innentasche seines schwarzen Jacketts. Es war eines aus Großvaters Mottenkiste, wie man es bestenfalls noch an Fasnacht anzieht. Ziggl sah darin aus wie der Hochzeiter der Breitnauer Bauernbühne. Nur seine Indianerfrisur passte nicht dazu. Er wedelte mit den Papierseiten: „Ich habe hier mal aufgeschrieben, was wirklich im Wald passiert, wenn die Jäger von ihren beheizten Hochsitzen herunter dem ahnungslosen Wild auflauern, wenn es zum Äsen auf die Lichtungen kommt. Ich habe mal aufgeschrieben, warum es legitimer Tierschutz ist, wenn man dieses Morden im Wald verhindert, indem man so einen Schießstand zersägt. Ich verlange den Abdruck dieser Stellungnahme. Als Gegendarstellung zu dem Stuss, der im letzten Kurier stand."

„Du meinst den Artikel ‚Sabotage am Hochsitz'?"

Während Ziggl im Stile eines Anklägers auflistete, was seiner Meinung nach alles an jenem Artikel unkorrekt, erfunden, tendenziös oder populistisch war, kramte Alfred das Foto hervor, das er bei der Schießerei auf der Waldlichtung am Hochfirst aufgenommen hatte. Er legte es vor Ziggl auf den Tisch und fragte betont sachlich: „Bist du das, der da wegrennt?"

Ziggl kniff die Augen zusammen und studierte das Foto, ohne es in die Hand zu nehmen oder sich näher darüber zu beugen. Er nickte bedächtig. Seine finstere Miene hellte sich sogar etwas auf: „Das ist ein wichtiges Beweisstück", sagte er. „Es beweist, dass auf mich geschossen wurde. Damit kann ich diese Kerle juristisch belangen."

Eigentlich hatte Alfred erwartet, dass Ziggl seine Beteiligung leugnen würde. Das Gegenteil war der Fall. Ziggl war stolz auf die Aktion und er fühlte sich mit einem Selbstbewusstsein im Recht, als hätte die UNO ihn beauftragt, Hochsitze anzusägen.

„Kann ich das Foto haben. Ich möchte Anzeige erstatten gegen diese Herrschaften aus Freiburg. Die sollen mich kennenlernen."

Er streckte die Hand nach dem Foto aus, und ehe Alfred reagieren konnte, hatte Ziggl es sich schon gegriffen und in den Untiefen seines Großvater-Jacketts verschwinden lassen.

„Meinetwegen“, beugte Alfred sich den Gegebenheiten, zumal er sich ja von dem Bild jederzeit neue Abzüge machen konnte. „Aber diese Gegendarstellung da“, er zeigte auf die vier eng beschriebenen Schreibmaschinenseiten, mit denen Ziggl herumwedelte, „die ist viel zu lang. Das kann ich niemals drucken, dafür reicht der Platz im Hochschwarzwaldkurier nicht aus.“

Ziggl versuchte daraufhin, eine dreiteilige Fortsetzungs-Gegendarstellung herauszuhandeln, was sicher ein Novum in der deutschen Zeitungsgeschichte gewesen wäre. Aber Alfred ließ sich darauf nicht ein. Er erklärte dem hartnäckigen Besucher, welche juristischen Voraussetzungen eine Gegendarstellung zu erfüllen habe und wie weit Ziggls Version davon abwich. Schließlich einigten sie sich darauf, dass Alfred noch einmal einen Artikel schreiben würde, in dem Ziggl mit seiner Sicht der Dinge ausführlich zu Wort kommen sollte.

So schnell er sich auf 180 Grad erregen und empören konnte, so schnell war Ziggl auch wieder zu versöhnen. Alfred setzte ihm die neueste Entwicklung im Fall des toten Jägers vom Hirschsprung auseinander. „Es wird jetzt gegen die zwei Polizisten Hoffmann und Rickert ermittelt, ob sie vielleicht den Sturz verschuldet haben“, erklärte Alfred. „Das wäre dann fahrlässige oder im schlimmsten Fall sogar vorsätzliche Tötung.“

Ziggl verkniff sich einen Kommentar. Seinem Mienenspiel war aber anzusehen, dass er durchaus eine spezifische Meinung zu der Frage hatte, ob es bedauerlich sei oder nicht, wenn ein Jäger in Ausübung seines Handwerks vom Felsen stürzt und zu Tode kommt.

„Für mich ist der Fall noch nicht klar“, sinnierte Alfred. „Irgendetwas passt da noch nicht zusammen.“ Er schwieg kurz nachdenklich, aber als Ziggl keine Anstalten machte, ihn zu unterbrechen, fuhr er fort: „Was machen die beiden Wilderer

an diesem unwegsamen Ort im Höllental? Das ist für mich das erste Rätsel. Wie sind sie dorthin gekommen und ausgerechnet dort mit dem Jäger zusammengestoßen?"
„Vielleicht gibt es dort besonders viele Hirsche", schlug Ziggl vor. „Wenn es schon Hirschsprung heißt."
Alfred schüttelte den Kopf: „Nein, nein! Freiwillig klettert dort oben niemand herum, das kann ich beurteilen. Wir waren doch selber an Ort und Stelle."
„Könnten nicht sie es gewesen sein, die den Hirsch anmalen wollten?"
„Unwahrscheinlich!" Alfred schüttelte wieder den Kopf. „Aber der Hinweis ist trotzdem wichtig. Das ist eine Spur: Die unbekannten Hirsch-Anmaler. Die müssen doch irgend etwas gesehen oder gehört haben."
„Vorausgesetzt, sie waren zum Zeitpunkt der Schüsse und des Todessturzes dort oben?"
Alfred nickte. Er sah Ziggl nachdenklich an. Dann meinte er: „Ziggl, jetzt überleg mal, du warst doch auch mit mir da oben. Wenn unsere Annahme stimmt, dann wollten mindestens zwei Personen den Hirsch mit silberfarbenem Autolack anmalen. Sie wurden dabei gestört von dem Jäger oder von den Wilderern oder von beiden, und sie haben die Flucht ergriffen und alles stehen und liegen lassen. Zwei Fragen: Wie sind sie zum Hirsch hinaufgekommen? Und in welche Richtung sind sie geflohen? Was ist logisch?"
Erst jetzt ließ Ziggl sich Alfred gegenüber in den Besucherstuhl fallen, so als drücke ihn die Last dessen, was er nun zu sagen hatte. Er schlug sich mit der flachen Hand gegen die Stirn: „Natürlich haben sie an der gleichen Stelle geparkt wie wir. Und wahrscheinlich sind sie auf dem gleichen Weg hinauf- und hinabgeklettert wie wir ..."

„Siehst du, genau das meine ich!“

„Und dann sind sie auf und davon. Nichts wie weg, so schnell wie möglich.“ Ziggl stockte kurz, man sah ihm geradezu an, wie im Oberstübchen ein Groschen fiel: „Sie sind ins Auto gesprungen und davongerast. Und zwar die B 31 Richtung Hochschwarzwald. Unmittelbar nachdem ich den toten Jäger auf der Straße gefunden hatte, ist nämlich ein Auto aufgetaucht, hat kurz angehalten und ist dann an mir vorbei weitergerast.“

„Bingo! Das waren sie. Das müssen sie gewesen sein, die Anstreicher. Was war das für ein Auto?“

Ziggl grübelte: „Irgend so eine kleine Kiste. Ein Polo oder ein Fiesta. So was in der Richtung. Es war weiß. Ein weißes Auto. Ein weißer Fiesta, glaube ich.“

Alfred ballte triumphierend die Faust. „Bravo Ziggl! Jetzt kommen wir weiter. Jemand mit einem weißen Fiesta, der nach so einem Schrecken Richtung Hochschwarzwald davon rast, der wohnt bestimmt nicht in Freiburg, sondern … wo?“

„Im Hochschwarzwald …?“

„Richtig!“ Alfred sprang auf. „Das wäre doch gelacht, wenn wir nicht rausfinden könnten, wer das war. Jemand hat beim Autolackierer Hipfel eine seltene und teure Silberlackfarbe gekauft, um damit den Hirsch anzumalen. Jemand, der wahrscheinlich im Hochschwarzwald wohnt und der mit einem weißen Fiesta unterwegs ist.“

„Aber ob derjenige wirklich etwas mit dem Tod des Jägers zu tun hat …?“ zweifelte Ziggl.

„Das ist doch irrelevant. Aber es ist ein Augenzeuge. Es ist jemand, der uns vielleicht sagen kann, was wirklich in jener Nacht da oben auf dem Hirschsprungfelsen vor sich ging.“

Das anschließende Telefonat mit dem Autolackierermeister Marko Hipfel war ernüchternd. Hipfel hatte nichts herausgefunden.

„Ich habe wirklich alle Kassenbelege der letzten drei Monate durchgeprüft. So einen Farbeimer haben wir definitiv in dieser Zeit nicht verkauft. Auch meine Frau kann sich nicht erinnern…"

„Aber Sie sagten doch, dass der Eimer aus Ihrem Geschäft stammt. Ihr Preisschild ist da drauf."

„Das stimmt", räumte Hipfel ein. „Aber das ist mir auch ein Rätsel. Der Preisaufkleber ist auch ziemlich neu, der Eimer wurde sicher erst vor einigen Wochen ausgezeichnet. Aber ich sage noch mal: Einen solchen Eimer haben wir in den letzten drei Monaten definitiv nicht verkauft."

„Was gibt es denn dann für eine Erklärung?" fragte Alfred fast flehend in den Telefonhörer hinein.

„Jemand hat den Eimer geklaut!" erwiderte Hipfel mit einer Gewissheit, die keinen Widerspruch duldete.

„Geklaut?" Alfreds Wiederholung kullerte kraftlos ins Telefon hinein.

„Ja! Eine andere Möglichkeit gibt es nicht."

SCHWÄRZENBACHER WELTBILD

Drei Tage nach ihrer Verhaftung wurden Mark Hoffmann und Stefan Rickert aus der Untersuchungshaft wieder entlassen. Staatsanwaltschaft und Polizei teilten diesen Sachverhalt den Medien in drei dürren Sätzen mit. In der Pressemitteilung stand auch, dass die beiden bis auf weiteres vom Dienst „beurlaubt" waren. Alfred erhielt sogar noch eine Exklusivinformation. Polizeikommissar Jöder höchstpersönlich rief ihn in der Redaktion an, um ihm mitzuteilen, dass es keine hinreichenden Verdachtsgründe mehr gegen die beiden Männer gebe. „Wir haben die Kugeln verglichen. Die Kugeln im Hirsch und im Porsche stammten aus einer anderen Waffe, als jene, mit der der abgestürzte Jäger Armin Lohenfels angeschossen wurde."

„Und was bedeutet das für Sie?"

„Das bedeutet, dass wir nicht beweisen können, dass einer der beiden Verdächtigen auf den Jäger geschossen hat."

„Sie schließen es aber auch nicht aus?" fragte Alfred.

„Wir müssten herausfinden, ob sie neben ihren legal gemeldeten Jagdgewehren noch irgendwo weitere Waffen verwenden. Solange wir sie da nicht erwischen, sind wir auf unsere Vermutungen angewiesen, und die reichen für einen Haftbefehl nicht aus."

Zwei Stunden nach diesem Telefonat mit Kommissar Jöder rief bei Alfred ein völlig niedergeschlagener Linus an, um mitzuteilen, dass unbekannte Vandalen ihm alle vier Reifen am Porsche zerstochen hatten.

Sie hatten sofort beide den gleichen Verdacht.

Alfred rief Monika Rose an, er hatte ja ihre dienstliche Nummer, wo auch immer das war. Sie meldete sich mit „Finanz- und Maklerbüro FIMA, Monika Rose am Apparat, was kann ich für Sie tun?"

Alfred machte keine Umschweife: „Sie können Ihrem sauberen Früchtchen von Verlobtem sagen, was für eine niedrige Bazille er ist, wenn er es nötig hat, anderen Leuten die Autoreifen zu zerstechen. Das ist so was von billig, das ist das Letzte, das Allerletzte, das Hinterletzte." Er fand keine Steigerung mehr, hatte aber noch Dampf in der Leitung: „Das ist eine Riesensauerei. Dafür wird er bezahlen!"
Monika Rose klang ehrlich erschrocken, versuchte aber zu beschwichtigen. Sie flüsterte, als säße ihr irgendwo eine Kollegin oder gar der Chef persönlich im Nacken: „Ich weiß nicht, von was Sie reden. Aber mit Mark hat das nichts zu tun. Er ist unschuldig."
„Pah!" Alfred schleuderte seine ganze Verachtung ins Telekom-Netz. „Kaum ist er aus dem Knast, da wird er schon zum Reifenstecher. Kleinkarierte Rache! Und so was will ein Polizist sein."
„Sie verdächtigen den Falschen", beschwor ihn Monika Rose mit ihrer samtsüßen Stimme, die unweigerlich ihr Unschuldsgesicht vor Alfreds geistigem Auge auftauchen ließ. „Er kann es gar nicht gewesen sein, denn er ist gar nicht hier. Er ist gleich nach der Haftentlassung zu seinen Eltern gefahren. Er will raus aus dem ganzen Trubel. Er versteckt sich. Er war es nicht …"
Alfred glaubte ihr. Er hätte nicht sagen können wieso, aber er glaubte ihr. Sie konnte nicht lügen. Sie hatte nichts Böses und nichts Falsches an sich. Sie war die personifizierte Unschuld.
„Und wo steckt sein Kumpel Rickert?"
„Ich weiß es nicht. Sie haben sich gestritten. Mark will nichts mehr mit Rickert zu tun haben." Sie seufzte und fügte hinzu: „Endlich!"
Also Rickert! Der war es gewesen. Er hatte Linus' Porschereifen zerstochen. Dieser Lump. Es stimmte natürlich, Moni-

ka Rose hatte Recht: Rickert war der eigentliche Ganove. Er war die treibende Kraft. Er hatte den jungen Kollegen Hoffmann angestiftet, er hatte ihn zu den Wilderer-Touren überredet. Hoffmann war ein Opfer. Ein gutmütiger, rotbäckiger Junge vom Lande, verführt von einem verdorbenen und korrupten Kollegen, unfreiwillig hineingerutscht in eine schmutzige Sache.

Der arme Linus und sein armer Porsche.

Als Alfred auf den Parkplatz hinter dem Hochschwarzwaldkurier hinauskam, traf ihn fast der Schlag. Sabotage – wie bei Linus! Alle vier Reifen am roten Flitzer hatten einen Platten. Der Sportwagen saß fast auf dem Teer auf. Tiefer gelegt ging nicht mehr. Der zerschnittene Gummi hing an allen vier Reifen in großen Lappen herunter wie die kraftlosen Schalen einer faulen Banane. Ein trostloses Bild. Jemand hatte auch hier die Reifen aufgeschlitzt. Und es bestand für Alfred kein Zweifel, wer dieser jemand gewesen war. Natürlich Rickert. Ein Racheakt, das war die einzige Erklärung. Rickert wollte sich an Linus und Alfred rächen, weil diese beiden ihn in den Knast gebracht hatten.

Der Groll rumorte in Alfred und er fand keinen Platz, wo er ihn verstauen konnte. Mordgelüste. Das würde noch Konsequenzen haben, soviel war klar. Wenn er nichts bereuen würde, aber dies würde Rickert eines Tages bereuen, das schwor sich Alfred. Was in ihm vorging, kann sich nur ein Kind vorstellen, dem jemand sein Lieblingsspielzeug zerstört hat.

Wie sollte Alfred jetzt nach Schwärzenbach kommen? Das Auto war außer Gefecht. Er hatte sich vorgenommen, an diesem Abend der berühmten Schwärzenbacher Grillstelle einen Besuch abzustatten. Jener Grillstelle, an der sich angeblich die

Einheimischen treffen, um das Verhalten der übrigen Welt zu analysieren.
Während er bei der benachbarten Tankstelle und Werkstatt von Jürgen Kopfmann einen Termin für die Neubereifung organisierte und den Schlüssel für seinen roten Flitzer hinterließ, kam ihm die zündende Idee. Der Grillstellen-Stammtisch in Schwärzenbach stand ja auch in dem Ruf, ein Jägerstammtisch zu sein. Kein Wunder, denn jeder Schwärzenbacher, der etwas auf sich hält, hat auch einen Jagdschein. Jedenfalls musste es doch für Marian Ziggl eine große Herausforderung sein, einmal in dieser Runde seine Thesen zu vertreten.
Darin täuschte Alfred sich nicht. Als er Marian Ziggl anrief, war dieser Feuer und Flamme und erklärte sich umgehend bereit, den Chauffeur Richtung Schwärzenbach zu spielen. So kam es, dass sie schließlich zu zweit dem Schwärzenbacher Lagerfeuer einen Besuch abstatteten. Man fährt, um diesen legendären Platz zu erreichen, von Neustadt zunächst Richtung Eisenbach, biegt dann aber bald nach dem Ortsausgang links ab ins Reichenbachtal und folgt dann einem kurvenreichen Sträßchen, das im Slalom zwischen all den jahrhunderteschweren Bauernhöfen herum durchs Tal führt, bis hinauf auf die Höhe zum Ahornwirtshaus. Von dort sind es dann noch 500 Meter halbrechts unter einem kleinen Skilift hindurch, und schon befindet man sich inmitten des Gestrüpps, das hier auf der Höhe wild wuchert, seit der Orkan Lothar 2000 alles zusammengerissen hat, was einst hier an fürstlichem Wald gestanden hatte. Aus den übrig gebliebenen Baumstümpfen haben die urigen Schwärzenbacher Mannen sich Holzsitze herausgesägt, nach der gleichen Bauart einen Tisch hergestellt, dies alles zusammen um eine Feuerstelle gruppiert, und das war sie, die Schwärzenbacher Kommando-

zentrale. In jeden der hölzernen Sitze waren Vornamen oder Spitznamen hineingeschnitzt oder -gefräst, so dass von vorneherein klar war, wer wo saß. Zufallsgäste, die durchaus willkommen waren, mussten mit einfachen Baumstümpfen Vorlieb nehmen. Als Alfred und Ziggl eintrafen, hatten sich bereits ein halbes Dutzend Männer eingefunden, obwohl es noch früh am Abend war. Auch das Lagerfeuer flackerte schon munter. Hinter den Baumstumpfstühlen lagen brachiale Holzscheite, die ausgereicht hätten, die letzten Hexen des Hochschwarzwaldes zu verbrennen. Etwas abseits, so dass es wegen des Feuers nicht zu warm werden konnte, befand sich das Vorratslager, bestehend aus zwei Kisten Bier und mehreren Flaschen Wein.

Ein paar Autos parkten an der Straße. Ziggl hielt dahinter an. Dann näherten sich Alfred und Ziggl vorsichtig auf dem kleinen Trampelpfad, der von der Straße durch Gestrüpp und Farn zum Feuerplatz führte. Alfred voraus, Ziggl im Schlepptau. Neugierige Blicke verfolgten sie. Es waren keine misstrauischen und auch keine abweisenden Blicke, aber sie waren voller Vorfreude, so wie man blickt, wenn man ein Opfer freiwillig aufs Schafott steigen sieht.

„Guten Abend allerseits“, versuchte Alfred einen leutseligen Einstieg. Und als er daraufhin nur Gebrumme zu hören bekam, fragte er bewusst gutgelaunt: „Darf man dazusitzen? Ist es erlaubt?“

Niemand widersprach. Einer der Männer, ein quadratischer Kerl mit dunklem Vollbart, wischte sich die Arbeiterhände an einer fleckigen Cordhose ab und nickte unmerklich. Alfred interpretierte es als Einladung und ließ sich auf einem Baumstumpf nieder. Ziggl folgte seinem Beispiel. „Wir kommen aus Neustadt“, versuchte Alfred eine höfliche Vorstellungsrunde. Einer der Männer gab gnädigerweise einen Kommentar ab: „Macht nichts, ihr könnt trotzdem sitzen bleiben." Das war's auch schon an Gespräch. Alfred stellte sich als Redakteur vom Hochschwarzwaldkurier vor, Ziggl als Initiator des Jäger-Diskussionsabends. Einer sagte: „Aha!" Ein anderer: „So, so ..." Die übrigen grummelten vor sich hin und blickten verschlossen wie eine Versammlung von Sioux-Häuptlingen. Die Herren aus Schwärzenbach ließen sich nicht weiter stören. Sie diskutierten irgendwie die Vorteile eines bestimmten Traktorfabrikats. Alfred brauchte eine Weile, bis er herausgefunden hatte, dass das Gespräch sich um jenes Fahrzeug handelte, das etwas abseits am Straßenrand stand. Es sah aus wie ein Ausstellungsstück aus dem Landwirtschaftsmuseum, aber offenbar war es funktionstüchtig und der ganze Stolz eines etwas älteren Mannes, der das Gefährt eifrig gegen die spöttischen Bemerkungen der anderen verteidigte.

Wortführer war „der Hubert". Ein groß gewachsener Kerl von einem Mann, breite Schultern, kantiges Gesicht, so, wie man sich einen Schwarzwälder Holzfäller vorstellt. Es stellte sich aber heraus, dass es der Wirt vom benachbarten Café Vogelbacher war, und dass er, statt Schwarzwälder Bäume zu fällen, bekannt für die leckersten Schwarzwälder Kuchenspezialitäten war. Ein anderer in der Runde, ein kleiner, zappeliger mit flinken Augen, hörte auf den Spitznamen „Spängerle". Dann saß noch einer in der Runde, ebenfalls ein Kerl wie eine Eiche, mit dem mächtigen Brustkorb eines Wrestling-Ringers, den die anderen „Bussy" nannten. Ein völlig unpassender Spitzname für einen solchen Schrank, wie Alfred fand. Der Bärtige hieß Egon, dann gab es noch einen Franz und einen Eugen, letzterer war offensichtlich der Traktorbesitzer. Vom Gespräch über den prähistorischen Traktor verstanden Alfred und Ziggl so gut wie gar nichts. Eugen prahlte damit, dass er das Gefährt in steilsten Lagen im

Wald einsetze und Baumstämme heraushole, wo sonst jegliche Technik versage. „Deinen Vollernter kannst du da vergessen“, beschied er dem neben ihm sitzenden Franz. Der nahm einen Schluck aus der Bierflasche und ließ die Behauptung unkommentiert. Hubert legte Holzscheite nach. Alfred bekam Lust auf ein Bier und wusste nicht, wie er es anstellen sollte, eines abzustauben. Der, der wie alles Mögliche aussah, nur nicht wie ein „Bussy“, aber so hieß, nahm ihm die Sorge ab, indem er eine Flasche aus dem Kasten angelte und sie Alfred hinreichte: „Hier, auch ein Bier!“ Es war eine Mischung aus Angebot und Frage. Alfred zögerte nicht lange. Er fühlte sich in die Runde aufgenommen. Ziggl, dem kein Bier angeboten worden war, muckte auf: „Ich würde auch eines nehmen“, sagte er zaghaft.
Keiner machte Anstalten, ihm eine Flasche zu reichen, so wie „Bussy“ es bei Alfred getan hatte. Ziggl wagte nicht, sich selbst zu bedienen. Er saß auf seinem Holzklotz wie der Schornsteinfeger auf dem Klo und verharrte in seiner steifen Erwartungshaltung. Die Schwärzenbacher schienen sich einig zu sein und ließen ihn zappeln. Endlich sagte Hubert: „Wie bei der Jagd. Man braucht viel Geduld!“ Die anderen feixten. Ziggl verstand die Anspielung und nahm die Provokation begeistert an: „Wenn Geduld die einzige Tugend des Jägers ist, na, da halte ich nicht viel davon. Wenn man nur lange genug warten muss, um ein Tier abzuknallen … Das ist doch keine Leistung.“
„Was verstehst du denn davon?“ fragte barsch in seinen Vollbart hinein Egon, während er mit einem Stock in der Glut des Lagerfeuers herumrührte.
Bevor Ziggl zu einer akademischen Antwort ansetzen konnte, hatte Bussy den Faden schon aufgegriffen: „Er versteht gar nichts davon. Er hat nur Vorurteile. Das haben wir doch

kürzlich im Ahorn gehört." Die beiden waren offensichtlich bei jenem Diskussionsabend gewesen, den der Hochschwarzwaldkurier veranstaltet hatte.

Ziggl unternahm zaghafte Versuche, zu Wort zu kommen und seine Thesen auszubreiten. Aber jedes Mal, wenn er einen Satz beginnen wollte, fiel ihm einer der Schwärzenbacher ins Wort und setzte unumstößliche Wahrheiten in die Welt: „Die Jagd ist für die Erhaltung des natürlichen Gleichgewichts unverzichtbar." – „Jagd ist Naturschutz!" – „Jagd ist sogar Tierschutz. Artenschutz!" – „Ohne Jagd geht der Wald kaputt."

Völlig überraschend, ohne Vorwarnung, streckte Hubert dem perplexen Ziggl eine Flasche Bier entgegen. „Was ist nun, willst du ein Bier, oder willst du keines?"

Ziggl griff zu.

„Kann man von einem Jäger überhaupt etwas annehmen?" fragte Bussy süffisant. Und ehe Ziggl zu einer Antwort kam, hatte der mit dem Spitznamen „Spängerle" schon dazwischen geworfen: „Klar kann man! Man isst ja auch Wild im Restaurant, selbst wenn man gegen die Jagd ist."

Insgesamt war Alfred bei diesem Verlauf der sehr einseitigen Diskussion froh darüber, dass er keine Position bezogen hatte. Sonst wäre er vielleicht ebenso wie Ziggl zum Gespött geworden. Offen gestanden war ihm das Für und Wider der Jagd ziemlich wurst. Militante Jagdgegner wie Ziggl waren Alfred suspekt, ebenso wenig konnte er sich aber auch mit fanatischen Jagdbefürwortern anfreunden. Die Schwärzenbacher am Lagerfeuer gingen mit Ziggl um wie mit einer in die Enge getriebenen Wildsau. Sie lockten ihn, sie reizten ihn, sie provozierten ihn; und er schnaubte und grunzte, wie sie es erwartet hatten, und stiebte mal hierhin, mal dorthin, wollte sich mit seinen Argumenten erst auf diesen, dann auf jenen werfen, und kam doch immer zu spät.

Irgendwann muss Ziggl aufgegangen sein, dass sie ihn nicht wirklich ernst nahmen. Er vertrat die Ansicht, dass die Wildtiere genau wüssten, wann ihre gesetzliche Schonzeit beginne und ende. „Immer bei Beginn der Jagdsaison fliehen in der Gironde in Frankreich die Watvögel und die Möwen aus ihren Feuchtgebieten ins benachbarte Naturschutzgebiet", so zitierte er aus einer angeblich wissenschaftlichen Studie. „Auch die Reiher flüchten dorthin. Das bedeutet, sie wissen genau, dass der Mensch ihnen hier nicht nachstellen darf. Es gibt noch ein Beispiel: In Westjütland, so hat man festgestellt, halten sich 90 Prozent der Enten während der Jagdsaison in den zwanzig Prozent der Gebiete auf, die kein Jagdgebiet sind."

Er erntete herzhaftes Gelächter. Für die Jäger aus Schwärzenbach waren das nämlich Binsenweisheiten. „Natürlich haut das Wild ab, wenn es bemerkt, dass es gejagt wird. Die Viecher sind schlauer, als ihr aus der Stadt euch einbildet."

„Vor dem würde ich auch abhauen, wenn er im Wald auftauchen würde ..." lästerte Egon. Man prostete sich zu. Alfred machte mit. Es ging ja nicht gegen ihn.

Aber Ziggl war nun doch in Rage geraten: „Ich würde euch alle anzeigen. Ihr seid Mörder, nichts anderes."

„He, he, he, nun mal langsam", versuchte Hubert zu beschwichtigen, so, als habe er es mit einem renitenten Gast am Stammtisch im Café Vogelbacher zu tun.

Ziggl war aufgesprungen: „Das ist doch pervers. Im Wald herumschleichen und Tiere abschießen. Das ist die pure Lust am Töten!"

Auf der anderen Seite des Feuers erhob sich Bussy, bedächtig wie ein Bär nach dem Winterschlaf. „So Freundchen", sagte er im milden Tonfall eines gutmütigen Großvaters. „Das war jetzt genug. Du hast Dein Bier gehabt und hast uns beschimpft. Das war's. Jetzt machst du schön, dass du wieder verschwindest, denn wir wollen hier unsere Ruhe haben. Alles klar?"

Als alle gespannt warteten, ob Ziggl die unmissverständliche Aufforderung verstanden hatte, wurden sie abgelenkt. Es knatterte mit hörbar defektem Auspuff ein Kleinwagen den Berg herauf und kam hinter dem an der Straße geparkten Auto von Ziggl zum Stehen. Es war der farbenprächtige Fiesta von Harry, dem Irokesen-Azubi vom Autolackierer Hipfel. Harry kletterte heraus. Er trug wieder seine schlauchförmigen schwarzen Lederhosen, ein Mystery-T-Shirt, seine Hahnenkammfrisur, diesmal lila eingefärbt, und die einseitig abgetretenen Westernstiefel voller bunter Lackspritzer.

Während Harry heranschlurfte und mit großem Hallo in der Runde begrüßt wurde, so dass Alfred sofort kombinierte, dass es sich um einen Stammgast in diesem Kreise handelte, trat Ziggl still und heimlich den Rückzug an. Er hatte wohl gespürt, dass die Stimmung sehr gegen ihn umgeschlagen war. Und die handfesten Kerle um das Feuer herum sahen alle so aus, als würden sie im Zweifel nicht viel Federlesens mit einem Hanswurst aus der Stadt machen. Da die Aufmerksamkeit sich gerade verteilte, war die Gelegenheit für ihn günstig, um sich aus dem Staube zu machen.

Für Alfred, der begann, sich mit dem gemütlichen Lagerfeuer und der kernigen Atmosphäre am Grillplatz anzufreunden, war damit der Chauffeur verschwunden und hinter der Heimfahrt nach Neustadt tauchte ein dickes Fragezeichen auf. Da es aber durch das Reichenbachtal bergab höchstens vier Kilometer bis Neustadt waren, machte er sich keine Sorgen. Außerdem lenkte ihn der Irokese ab. Dieser wollte so gar nicht in die Welt der Schwärzenbacher passen. Aber die Begrüßungsrufe „Hallo Harry" und das Vorhandensein eines

Holzklotzes mit eingeschnitzem „Harry“ ließen darauf schließen, dass der junge Autolackierer hier zu Hause war. Als er Alfred wiedererkannte, stieg ihm hektische Röte vom Hals über das Kinn bis an die Kante der Frisur. Seine unruhiger Blick tanzte umher und machte einen Bogen um Alfred. Das war seltsam. Alfred hatte schon kürzlich bei der Autolackiererei Hipfel ein eigenartiges Gefühl gehabt, als der junge Kerl plötzlich so wortkarg geworden und dann fluchtartig davongebraust war. Irgendetwas stimmte nicht mit Harry. Und jetzt machte es „Klick“ bei Alfred. Ein Licht ging ihm auf, als er Harrys von Lackspritzern gesprenkelten Westernstiefel studierte. Er erhob sich, unter dem nicht einmal erfundenen Vorwand, mal pinkeln zu müssen, und schlenderte zur Straße hinüber, wo er eingehend Harrys Fiesta in Augenschein nahm. Die knalligen Regenbogenfarben mit Metallicglanz reflektierten im Schein des Lagerfeuers. Alfred strich prüfend mit zwei Fingern der rechten Hand über die Motorhaube, so wie der Kompaniespieß bei der Kontrolle des Spinds beim Stubenappell. Es war ein weißer Fiesta gewesen, den Ziggl in jener Mordnacht am Hirschsprungfelsen beobachtet hatte.

Ein Azubi aus der Autolackiererei, ein verschwundener Farbeimer, der am Hirschsprung wieder auftaucht, mitsamt einem Pinsel aus der Autolackiererei, aus der er verschwunden ist, ein weißer Fiesta in der Mordnacht und jetzt ein regenbogenfarbiger Fiesta des Azubi – da schloss sich der Kreis. Selbstverständlich hätte Alfred beim Autolackierer Hipfel anrufen können und abfragen, ob und wann Harry der Irokese seinen weißen Fiesta in Regenbogenmetallic umlackiert hatte. Aber er hatte keine Zweifel, wie die Antwort ausfallen würde.

„Deine Lackierung da, die hast du auch noch nicht lange, nicht wahr“, fragte er Harry, als dieser wieder neben ihm am

Lagerfeuer saß. Harry zuckte zusammen und murmelte etwas Unverständliches in Indianersprache.
„Hä?“ Alfred hatte nicht vor, den Spargel davonkommen zu lassen.
„Hmmgrmmmm!“
„Wie bitte? Was hast du gesagt?“
„Muss mal pinkeln ...“ Schon war Harry aufgestanden. Er stakste durchs Unterholz davon. Alfred nahm einen Schluck aus seiner Bierflasche, der Zweiten inzwischen.
„Konfirmanten-Blase“, belehrte ihn „Spängerle“, der das Gespräch mit angehört hatte.
Trotz Ziggls unrühmlichem Abgang hielt sich um das Feuer herum das Jägerthema. Jetzt, da Ziggl verschwunden war, taute die Männerrunde gegenüber Alfred merklich auf. Man diskutierte die jüngsten Veröffentlichungen im Hochschwarzwaldkurier. Alfred wurde belehrt, an welchen Stellen er „vollkommenen Stuss“ geschrieben habe, nämlich immer dann, wenn er das Waidhandwerk kritisch hinterfragt hatte, und man machte ihn darauf aufmerksam, wo die Wahrheit lag, nämlich immer da, wo von der Unverzichtbarkeit der Jagd für die Natur und die Hege von Flora und Fauna des Waldes die Rede gewesen war. Beim Thema Wilderer wurde es hitzig:
„Die zwei Kerle, die sie jetzt verhaftet haben, - wenn mir einer von denen vor die Flinte gelaufen wäre, da hätte ich nicht lange gefackelt“, brüstete sich Bussy. Die anderen wollten nicht nachstehen. Ein jeder schilderte im Detail, wie er mit den Wilderern umgesprungen wäre, hätte er nur je einmal einen erwischt. Alfred, der aufmerksam lauschte, wurde eindringlich ermahnt, alles Gehörte sofort wieder zu vergessen, und wenn er je auf die Idee käme, auch nur einen Satz davon im Hochschwarzwaldkurier zu veröffentlichen, dann

bekäme er „eins auf die Gosch!“ Das brauchte man ihm nicht zu übersetzen, das verstand er sofort.
Trotzdem merkte er auf, als Hubert in einem Nebensatz ganz beiläufig bemerkte: „Die Sonntagsjäger aus Freiburg, die sind ja auch schon seit Monaten hinter den Wilderern her. Denen haben sie am meisten vor der Nase weggeschossen.“
„Stopp mal“, intervenierte Alfred, und stellte seine Bierflasche ab, die Dritte inzwischen. „Was heißt das, die sind seit Wochen hinter den Wilderern her?“
Hubert sah Alfred an. „Frag den Bussy, der weiß es genau!“
Bussy rückte seine 120 Kilo näher zu Alfred heran und flüsterte verschwörerisch: „Wenn ich alles erzählen würde … Aber dann! Das wär ein gefundenes Fressen für euch Schreiberlinge.“
Alfred täuschte Desinteresse vor: „Ich will's ja gar nicht schreiben. Nur damit ich's verstehe: Was haben die Freiburger Jäger mit den Wilderern zu tun gehabt?“
„Die haben die auf dem Kieker gehabt, das ist doch klar. Blöd sind die ja auch nicht. Die haben genau gewusst, wer ihnen da heimlich die Böcke wegschießt. Wenn die einen erwischt hätten, dem hätten sie eine Ladung Schrot verpasst, mindestens. Soviel ist klar!“ Bussy nahm einen tiefen Schluck aus seiner Flasche, um damit zu demonstrieren, wie klar das war.
Hubert, der inzwischen damit begonnen hatte, eine Lage rote Würste auf einem Grillrost auszubreiten, gab einen Kommentar ab: „Der Bussy weiß schon, von was er redet. Er hat die Freiburger beobachtet, wie sie oben am Kolmen mal hinter den Wilderern her waren. Das gab eine richtige Schießerei.“
Bussy nickte, sagte aber nichts mehr. Stattdessen fuhr Hubert fort, indem er seine Würste wendete: „Und eines Tages gibt's Tote, das möchte ich wetten!“

Es war einen Atemzug lang still. Man hörte nur das Prasseln und Knacken des Feuerholzes und aus dem Hintergrund das eifrige Zirpen der Grillen. In die Pause hinein entfuhr es dem Irokesen: „Wenn's nicht schon passiert ist!"

Nach dem, was er am Lagerfeuer am Platzberg gehört hatte, lautete Alfreds Theorie folgendermaßen: Die Jägerfamilie Lohenfels und die beiden Wilderer Rickert und Hoffmann waren sich in jener Nacht begegnet. Es kam zu einer Schießerei und Verfolgungsjagd, die am Hirschsprung endete. Dabei erschoss einer der beiden Wilderer, Rickert oder Hoffmann, den Lohenfels-Sohn Armin. Zufällige Augenzeugen der Tat wurden ein oder mehrere junge Burschen, einer davon der Irokese, die in der gleichen Nacht dabei waren, aus Jux den Blechhirsch am Hirschsprungfelsen silbrig anzumalen. Das war auch der Grund, warum der Irokese so nervös geworden war, als plötzlich die Farbeimer vom Höllental wieder auftauchten.

„Klingt alles plausibel", sagte Linus und schob sich einen Bissen seiner Pizza Prosciuto zwischen die Zähne.

Sie saßen wieder an der Theke in der Pizzeria Rusticana, ihrem Stammplatz für Abendessen und philosophische Gespräche.

„Dann wäre die einzige offene Frage noch, ob Rickert oder Hoffmann geschossen hat", meinte Alfred.

„Vielleicht haben ja beide geschossen!" Es klang bei Linus wie „Veichthajabeidjeschossn". Der Pizzabissen beeinträchtigte ihn doch erheblich beim Sprechen. Linus hatte die Angewohnheit, eine Pizza in maximal vier Portionen zu schneiden und dann zu vertilgen. Die Stücke, die er sich abschnitt, waren groß wie Kalbsschnitzel, und er pflegte sie stets komplett in den Mund zu stopfen.

Da Alfred aber Linus Kausprache beherrschte, hatte er auch „Veichthajabeidjeschossn" verstanden.

„Ich glaube nicht. Kriminalkommissar Jöder hat davon gesprochen, dass der verunglückte Jäger von einer Kugel getroffen worden war. Ich glaube, dass nur einer der beiden geschossen hat. Ich tippe auf Rickert. Dem Hoffmann traue ich gar nicht zu, dass er überhaupt schießt."

„Kannkafliejewazleitu!" Das hieß: „Er kann keiner Fliege was zuleide tun? Nicht wahr?" Linus fragte es etwas süffisant, weil er Alfreds Sympathien für Monika Rose kannte: „So, wie es dein Herzchen ja auch immer behauptet. Er ist ein Unschuldsengel."

„Sie ist nicht mein Herzchen!"

Linus legte die Gabel beiseite und nahm einen tiefen Schluck aus seinem Bierglas. Jetzt war er auch wieder in der Lage, klar zu sprechen: „Aber sie hat von Anfang an gewusst, was gespielt wird. Sie hat sich als Naivchen vom Lande vorgestellt und dir weisgemacht, sie habe keine Ahnung, was ihr Kerl nachts so treibt. Dabei wusste sie genau, dass er illegal für die Kneipe seines Kumpels Fleisch beschafft. Sie wusste sogar von der Nacht im Höllental und was dort im Einzelnen passiert ist. Sonst wäre sie ja nicht mit schlechtem Gewissen zur Beerdigung des Lohenfels-Sohnes gegangen." Linus packte die Gabel wieder und stach damit energisch Richtung Alfred, der erschreckt zurückwich. „Ist doch alles logisch, oder?"

Alfred drückte sanft die in Höhe seiner Brust verharrende Gabel zur Seite: „Hast ja recht, soweit ist alles logisch."

„Jetzt kommt noch mehr", versprach Linus und fuchtelte dabei wieder mit der Gabel durch die Luft. „So ein schlechtes Gewissen, dass man zur Beerdigung fährt, das hat man nicht, wenn man nur Zuschauer war. Das hat man nur, wenn man was ausgefressen hat. Und ich sage dir, der Hoffmann war´s! Der hat geschossen. Und sein unschuldiges Liebchen, das weiß Bescheid." Energisch hieb er die Gabel in das letzte verbliebene Stück Pizza und stopfte es sich in den Mund.

Beim Kauen sah er Alfred fragend an.
Der überlegte. Er nahm einen Schluck Bier und ließ sich Linus' Logik durch den Kopf gehen. Es war was dran.
„Kannsejafran!"
„Wie bitte?"
„Kannst sie ja fragen", wiederholte Linus, diesmal verständlich, indem er die Pizzaportion in der linken Backe deponierte.
Als Alfred nicht gleich antwortete, präzisierte er: „Ich meine, wir könnten doch hinfahren zu ihr, und dann erzählen wir alles, was wir wissen, und wir sagen ihr, dass auch die Polizei es weiß, und dann sagen wir ihr auf den Kopf zu, dass wir auch wissen, dass sie weiß, wer geschossen hat. Und dann sehen wir mal, was sie antwortet."
Alfred lachte gekünstelt: „Du meinst, wenn zwei so stahlharte Kerle kommen, wie wir, dann packt sie aus." Es widerstrebte ihm, zuzugeben, dass er Skrupel hatte, dem Unschuldsvögelchen Monika Rose auf den Leib zu rücken. Gleichzeitig musste er einräumen, dass Linus` Erklärungen und Vermutungen plausibel klangen.
Schließlich ließ er sich überreden. Sie beschlossen, Monika Rose einen Besuch abzustatten.

Das würde aber nichts werden. Denn etwa zum gleichen Zeitpunkt, als Linus seine Gabel aus der Hand legte, bestieg droben am Fullberg Monika Rose ihren Wagen und fuhr davon in Richtung Löffingen. Sie hatte sich in praktische Jeans, ein schlichtes T-Shirt und darüber einen grauen Blouson ihres Verlobten gepackt. Ihr Gesicht war verheult wie nach einer Scheidung, doch ihre rot geweinten Augen blickten entschlossen und konzentriert. Sie hatte einen Entschluss gefasst. Nach tränenreichen Tagen im Bett und auf dem Sofa, nach verzweifelten Telefonaten mit ihrem Mark, der sich bei der Mama verkrochen hat, nach erwogenen und immer wieder verworfenen Vorsätzen aller Art, war sie nun bereit, die Sache zu einem Ende zu bringen. Was auch immer dabei herauskommen mochte. Aber mit diesen Ängsten konnte sie nicht mehr länger leben. Sie konnte es nicht mehr mit ansehen, wie ihr Verlobter litt und verkümmerte. Sie konnte es nicht mehr ertragen, wie er zusehends seinen Arbeitsplatz, seinen Beruf, seine Karriere verspielte. Ihre gemeinsame Zukunft. Sie wollte nicht länger untätig bleiben. Sie hatte beschlossen, Stefan Rickert zu stellen. Diesen schleimigen, widerlichen Kerl. Die Wurzel allen Übels. Der Auslöser all ihrer Probleme. Dieser Anstifter! Dieser Lump! Wilderer, Lügner, Schieber, Betrüger – Mörder! Nein! Sie würde ihn nicht länger decken. Sie würde zur Polizei gehen und die ganze Geschichte auftischen. Und wenn es ihrem Mark den Job kosten sollte. Aber so konnte sie nicht weiterleben, mit all diesen Ängsten und Ungewissheiten. Rickert musste sich stellen und er musste auspacken. Und sie würde ihn dazu bringen. Sie wusste genug von ihm, um ihn in Schwierigkeiten zu bringen, so oder so. Nur Rickert konnte den Schlamassel auflösen.

Und so war sie nun unterwegs nach Löffingen, ins Gewerbegebiet B 31, zum Gasthaus Wilderer, wo sie Rickert bei seinem Bruder vermutete. Dort, wo er immer war, wenn er nicht Schichtdienst bei der Polizei hatte oder seinen diversen Gaunereien nachging. Im Autoradio lief eine Weichspüler-Schnulze von Xavier Naidoo und brachte sie wieder zum Heulen. Alles war ja so traurig. Und Monika Rose hatte nahe am Wasser gebaut. Bei ihr liefen die Tränen schon bei viel nichtigeren Anlässen. Und nebenbei bemerkt: Musik von Xavier Naidoo ist immer ein Grund zum Heulen.

Im Wilderer an einem der klobigen Zweiertische direkt an der Fensterfront saßen Hansi Konhäuser und Susi. Mal trafen sie sich zufällig, mal gingen sie miteinander aus, mal verabredeten sie sich, mal hörten sie wochenlang nichts voneinander. Wie gute Freunde im reifen Alter es eben so haben. Alles ganz unaufgeregt. Da war auch nichts zwischen Susi und Hansi, jedenfalls nicht aktuell. Und was früher mal gewesen war, ob überhaupt – das war so weit weg, wie der letzte Sieben-Meter-Sprung von Hansi Konhäuser.
Jedenfalls saßen sie an diesem Abend gemeinsam im Wilderer, weil es hier unbestritten gut und billig war. Woher die Dumpingpreise im Wilderer kamen, konnte den Gästen ja egal sein. Sie hatten fein gegessen, genossen nun mit schweren Gliedern einen barocken Rotwein, und diskutierten den Niedergang des Löffinger Einzelhandels. Hansi Konhäuser mit seinem protzigen Porsche vor der Tür bot zwar nicht gerade die glaubhafteste Verkörperung für eine Verarmung des Löffinger Einzelhandels, aber im Jammern war er trotzdem gut. „Zehn bis zwanzig Prozent Umsatzrückgang", so beschwor er seine Tischnachbarin, „seit in Hüfingen dieser Modemarkt aufgemacht hat." Er nahm genüsslich einen Schluck aus seinem Rotweinschwenker: „Diese Märkte auf der grünen Wiese, die treiben mich noch in den Ruin!"
Susi wollte etwas erwidern, wurde aber davon abgehalten, weil ihr Handy mit Hilfe von Mozarts kleiner Nachtmusik Alarm schlug. Mit gerunzelter Stirn studierte sie das Display und drückte dann nach kurzem Zögern die Anzeige weg. Das Handy ließ sie wieder in ihre Handtasche gleiten.
Konhäuser sah sie fragend an.
„Wieder dieses aufdringliche Jüngelchen aus Neustadt? Dieser Redakteur. Der lässt auch nicht locker." Sie schüttelte unwillig den Kopf.

„Du hast ihm halt schöne Augen gemacht, jetzt hat's ihn erwischt", analysierte Hansi Konhäuser.
Sie verzog die Mundwinkel zu einem spöttischen Grinsen: „Ach Hansi! Wem mache ich nicht schöne Augen. Wenn's danach ginge, dann müsste halb Löffingen hinter mir her telefonieren ..."
Sie lachten beide. War doch ein netter Abend.

Als Stefan Rickert den Wilderer verließ, war es draußen schon dunkel. Rickert, klein, gedrungen, das Gesicht hinter dem schwarzen Vollbart versteckt, schlurfte in seiner Jägerkleidung durch die Gastwirtschaft. In seinem Gang und seiner Körperhaltung drückte sich eine Warnung aus: Kommt mir nicht zu nahe! Lasst mich in Ruhe! An einem der Fenstertische fiel ihm die adrette Rothaarige auf, die er schon mehrfach in Löffingen gesehen hatte. Die wäre mal was. Er brummte grimmig in sich hinein. Aber mit einem einfachen Polizisten wie ihm gaben sich solche Frauen ja nicht ab. Stattdessen mit diesem Porschefuzzi, diesem aufgeblasenen Typen, der da am Tisch lümmelte, alle Viere von sich gestreckt, als gehörte ihm das Lokal. Was die an dem bloß fand? Er griff sich knurrend in den Bart. „Na wenigstens habe ich noch mehr Haare als dieser Typ", dachte er für sich, ehe er den Wilderer verließ. Er ließ keine besondere Vorsicht walten, als er in sein Auto stieg und davonfuhr. Warum auch? Die Festnahme kürzlich, die hatte ihn nicht beeindruckt. Anders als Hoffmann. „Diese Pfeife", so grollte Rickert. „Der hat kalte Füße bekommen und sich abgesetzt." Rickert war sich sicher, dass man ihm nichts beweisen konnte. Niemand hatte ihn auf frischer Tat ertappt. Alles nur Vermutungen und Anschwärzungen. Dieser Journalist war schuld. Dem gehörte eine saftige Abreibung verpasst. Die Gelegenheit dazu würde

kommen, da war sich Rickert sicher. Doch jetzt hatte er erstmal Besseres zu tun. Sein Bruder brauchte Nachschub. Der Wilderer lief hervorragend. Und Stefan Rickert war an den Umsätzen beteiligt. Auch für ihn ein lohnendes Geschäft. Ein Reh und ein Wildschwein. So lautete der Auftrag für diese Nacht. Wildschweine gab es im Schwarzwaldpark. Und Rehe auch. Der Schwarzwaldpark hatte ihm zwar beim letzten Mal kein Glück gebracht, aber das musste nichts heißen. Rickert bildete sich etwas ein auf seine Kaltschnäuzigkeit, wenngleich andere sagen würden, es handelte sich eher um Dummheit. Jedenfalls sah er keinen Grund, wegen der jüngsten Missgeschicke um den Schwarzwaldpark einen Bogen zu machen. Nirgendwo sonst wurde einem das Wild so auf dem Präsentierteller serviert, wie dort.
Als er den Parkplatz beim Wilderer verließ und hinter dem Kreisverkehr am Ausgang des Gewerbegebietes Richtung Dittishausen und Schwarzwaldpark abbog, bemerkte er nicht das Fahrzeug, das sich mit ausgeschalteten Scheinwerfern in Bewegung setzte und ihm folgte. Hinter dem Steuer saß eine kleine, zierliche Gestalt. Eine Frau. Sie trug einen viel zu weiten Blouson. Ihre Haarpracht hatte sie unter einer schwarzen Schirmmütze verborgen. Wie ein Suchhund, der Witterung aufgenommen hat, die Nase tief am Boden, schob sich das unbeleuchtete Fahrzeug über den Parkplatz, hinter Rickerts Auto her. Als Rickert die Straße Richtung Schwarzwaldpark einschlug, ließ sich die Verfolgerin zurückfallen. Sie hatte keine Eile. Sie wusste jetzt, wo sie Rickert erwischen würde.

Einige Monate hatte Dr. Jürgen Lohenfels gebraucht, um den Rhythmen und bevorzugten Revieren der Wilderer auf die Schliche zu kommen. Es gab zwei Schwerpunkte: Vorzugsweise plünderten die Wilderer eingezäunte Wildgehege, sei

es in Löffingen, in Hinterzarten oder im Raum St. Märgen. Klar, dort fanden sie ihre Beute sozusagen auf dem Präsentierteller. Wenn sie aber in freien Revieren unterwegs waren, dann bevorzugten sie schwieriges Gelände, so wie das Höllental, oder das Hochfirstgebiet, wo sie eventuelle Verfolger gut abschütteln konnten. Und so war es ihnen bisher auch immer wieder gelungen, Lohenfels zu entkommen.
Der alte Jäger schnupperte in die Nacht. Es roch nach Wild. Kein Wunder, schließlich befand er sich inmitten der Umfriedung des Löffinger Schwarzwaldparkes. Um genau zu sein: Im Wildschweingehege. Lohenfels übte sich in Geduld. Schon zwei Stunden lauerte er hier. Er wäre eine Wette eingegangen: Heute oder morgen, spätestens übermorgen, würden die Wilderer hier wieder auftauchen. Er kannte ihre Routen. Ein sanftes, leicht höhnisches Lächeln zog sich über seine Mundwinkel. Jetzt sollten sie mal einen wirklichen Jäger kennen lernen. Einen, der es gewohnt war, stundenlang auf der Lauer zu liegen, die Bewegungen des Wildes vorauszuahnen, Fallen zu stellen und lautlos zu kommen und zu gehen. Lohenfels hatte schon in Kanada gejagt, in Schweden und in Tschechien. Die Jagd war seine Passion. Und sie funktionierte bei ihm nach einem strengen Kodex. So einen schmierigen Lumpen, der für irgendwelche Kneipenküchen den Braten zusammenschoss, so einen Wilddieb aus Habgier, einen solchen Kerl akzeptierte er nicht. Da vermischten sich der Jäger und der Jurist in ihm. Und herauskam die Überzeugung, zur Selbstjustiz nicht nur berechtigt, sondern geradezu verpflichtet zu sein. Zumal zur reinen Wilderei inzwischen noch der Mord vom Höllental hinzugekommen war. Der Mord an seinem Sohn Armin. Dr. Jürgen Lohenfels war überzeugt, dass einer der beiden Wilderer seinen Sohn erschossen hatte, egal, was die Ermittlungen der Polizei ergeben hatten.

Schließlich war er in jener Nacht dabei gewesen, an Ort und Stelle. Er hatte den Schusswechsel mitgekriegt. Auch ihm waren die Kugeln um die Ohren geflogen. Und er hatte ebenso zurückgeschossen, wie sein Sohn Armin.
Lohenfels atmete in tiefen Zügen die kühle Nachtluft ein. Versonnen betrachtete er durch das Geäst der struppigen Fichten den Sternenhimmel. Es war so oder so egal, was die Polizei herausfand. Er würde die Angelegenheit alleine regeln. Auf seine Art. Auf Jägerart! Entschlossen prüfte er die Sicherung seines Jagdgewehrs. Dann hörte er ein Geräusch. Ein Auto näherte sich. Hektische Lichtkegel tanzten kurz zwischen den Baumstämmen. Dann herrschte wieder Dunkelheit. Der Motorenlärm verstummte. Jemand war auf dem nahen Waldweg bis an den Zaun des Schwarzwaldparkes gefahren und hatte dort sein Auto abgestellt. Für Lohenfels gab es keinen Zweifel, wer das war.

Wenn man Marian Ziggl nach seinen Motiven befragt hätte, dann hätte man eine beeindruckende Antwort bekommen. Unterhalb der Rettung der Menschheit machte er es nicht. Noch besser: Die Rettung der Welt. Ziggl war von seiner Mission ebenso überzeugt, wie von seiner eigenen Lauterkeit. Ein Psychiater hätte ihn vielleicht auf den Boden der Tatsachen zurückholen können, doch einem Psychiater hätte Marian Ziggl sich niemals freiwillig ausgeliefert. Bevor also niemand mit der Zwangsjacke kam und Ziggl Einhalt gebot, trieb dieser weiterhin in der freien Wildbahn sein Unwesen. Das Recht des Tieres auf freie Entfaltung, auf generelle Freiheit von jeglichen menschlichen Zwängen, hatte ihn deshalb zu einer groß angelegten Befreiungsaktion inspiriert. Bewaffnet mit einer Rohrzange, die er tags zuvor im Raiffeisen-Markt in Neustadt erworben hatte, näherte er sich der äußeren Umzäunung des Schwarzwaldparkes in Löffingen. Er hatte sich von Dittishausen her angeschlichen, aus jener Richtung, in der er die geringste Wachsamkeit eines eventuell vorhandenen Parkpersonals vermutete. Es war bedauerlicherweise eine sternenklare Nacht. Er hätte sich eigentlich für sein Vorhaben eine Mondfinsternis gewünscht. Aber nun ließ es sich nicht mehr ändern. Auf der Seite, auf der er sich dem zwei Meter hoch umzäunten Schwarzwaldpark näherte, befanden sich laut Lageplan ein paar Dammwildgehege und die Sommerrodelbahn. Irgendwo musste dann auch die Falknerei in der Nähe sein. Ziggl studierte noch einmal den Plan und beschloss, das geplante Loch an einer Stelle in den Zaun zu schneiden, wo viele Bäume und Sträucher ihm Sichtschutz gewährten. Ihm war klar, dass ein Loch nicht reichen würde. Er musste den Zaun an mehreren Stellen öffnen, damit das Wild zahlreich entfliehen konnte. Aber die Nacht war lang. Er konnte viele Lücken in den Zaun schneiden. Er musste auch das Affengehege irgendwie öffnen. Auch die Affen sollten in die Freiheit entfliehen können. Und die Vögel. Bei allen Vögeln der Falknerei wollte er Fesseln durchtrennen, damit sie davonfliegen konnten. Es würde eine Großtat werden.

Als Alfred und Linus mit dem inzwischen neu bereiften roten Flitzer von Alfred den Wilderer im Löffinger Gewerbegebiet erreichten, war Rickert schon davongefahren, ebenso seine abgedunkelte Verfolgerin. Nachdem sie Monika Rose zu Hause am Fullberg nicht angetroffen hatten, hatten sie kurz erwogen, in die Pizzeria zurückzukehren. Als Linus aber vorschlug, man könne ja mal in Löffingen im Wilderer vorbeischauen, ob vielleicht Rickert sich dort herumtreibe – mit dem hatten sie nämlich wegen der zerschlitzten Reifen ein Hühnchen zu rupfen – da willigte Alfred ein. Nicht weil es ihm darum war, Rickert die

aufgeschlitzten Reifen heimzuzahlen, sondern weil er die heimliche Hoffnung hegte, Susi könne ihm über den Weg laufen. Das war Intuition. Er selbst erschrak am meisten, als sie den Wilderer betraten und gleich am zweiten Fenstertisch tatsächlich Susi saß. Rotmähnig, katzenäugig, attraktiv! Ihr gegenüber saß Hansi Konhäuser, der selbsternannt Modezar von Löffingen. Er sah aus wie jemand, der mal wieder ein neues T-Shirt gebrauchen konnte. Alfred wurde rot wie eine Tomate. So hatte er sich das Wiedersehen nun auch nicht vorgestellt.
Hansi Kohnhäuser winkte fröhlich und grinste vielsagend. Der hatte seinen Spaß an der Situation. Susi blickte bewusst desinteressiert. Die Art, wie sie sich schnell eine Zigarette anzündete, hätte Alfred aber verraten können, dass sie nicht ganz so unbeteiligt war, wie sie vorgab.
So wie es aussah, hätte Hansi Kohnhäuser die beiden Neuankömmlinge wohl eingeladen, an seinem Tisch Platz zu nehmen. Aber Linus verdarb diese Chance, indem er übereifrig fragte: „Wir suchen den Rickert, den Kerl, der hier zum Wirt gehört. Sie sind Brüder. Er hat einen schwarzen Vollbart und schleicht meistens wie ein Rasputin herum."
Konhäuser nickte: „Der ist vor zehn Minuten abgerückt. Er war angezogen wie jemand, der gleich auf Safari geht. Jägerklamotten und so ..."
Alfred und Linus sahen sich an. Susi sah immer noch weg. Konhäuser grinste.
„Er geht auf Tour!" kombinierte Linus.
„Du meinst ..."
Linus nickte! „Sicher! Wieso sonst die Jägerklamotten? Der hat immer noch nicht genug."
„Wieder drüben im Wildpark? Glaubst du wirklich ...?" Noch während Alfred die Frage formulierte, wurde ihm klar, dass er es selbst glaubte.

„Komm mit!“

Linus folgte der Aufforderung. Fast vergaßen sie sogar, sich von Hansi Konhäuser und von Susi zu verabschieden. „Bis später“, war alles, was Alfred an Gruß hinterließ. Dann stürmten sie beide wieder aus dem Wilderer hinaus. Diesmal sollte ihnen Rickert nicht noch einmal entkommen.

„Hast du die Kamera dabei?“ fragte Linus, während sie sich wieder in den roten Flitzer schwangen.

Alfred zeigte auf den Rücksitz.

Rickert operierte schnell, effizient und professionell. Es gab eine Stelle im großen Zaun um den Schwarzwaldpark, die er so vorbereitet hatte, dass er ein gerade mannsgroßes Einstiegsloch einfach aushängen und nach dem Durchschlüpfen wieder einhängen konnte. Mit bloßem Auge fiel diese Stelle niemandem auf. Auch wenn jemand den Zaun kontrollierte und nicht genau wusste, nach was er zu suchen hatte, würde er diese Stelle kaum entdecken. Es war Rickerts geheimer Einstieg in den Schwarzwaldpark, nicht weit von dem Waldweg, auf dem er sein Auto abgestellt hatte. Das Jagdgewehr hatte er geschultert. In der Hand hielt er schon das Messer, mit dem er seine Beute aufbrechen und an Ort und Stelle ausnehmen würde. Viel kam bei dem Geschäft, welches er betrieb, darauf an, dass er schnell arbeitete und stets mobil blieb. Das bedeutete, er musste erst das Wildschweingehege durchqueren, gegenüber im Rotwildgehege einen Hirsch schießen – kein Problem, bei den handzahmen Tieren – und dann mit der Beute sofort zurück zum Auto und sie im Kofferraum versorgen. Dann musste er nochmals zurück ins Wildschweingehege und dort eine Sau schießen. Das war nicht ganz einfach, weil die Tiere meistens im Rudel unterwegs waren und einen höllischen Lärm verursachen konnten, wenn jemand in ihr Revier eindrang. Er hielt sich eng am Zaun, der das Wildschweingehege von den Besucherwegen abtrennte. Wenn es brenzlig werden sollte, denn Wildschweine verstanden durchaus keinen Spaß, konnte er schnell über den Zaun springen. Der Park schien menschenleer. Im nahen Wildpark-Hotel mochte zwar noch Betrieb herrschen, doch das störte Rickert nicht. Ein Duft von Morast und Schlamm lag in der Luft. Durch die Dunkelheit des Parks schollen die Rufe der Eulen. Irgendwo antwortete ein Käuzchen. Im nahen Affengehege keifte einer der Bewohner. Dann herrschte wieder für Sekunden Stille, ehe die Wölfe begannen, den Mond anzuheulen. Im Unterholz geschäftiges Rascheln und Grunzen. Das waren die Wildschweine. Tief gebückt schlich Rickert durchs Gehölz, inzwischen das Gewehr im Anschlag. Fast sah er mit seinem buschigen Vollbart selbst aus wie ein seltenes Wildtier. Jetzt musste er den Absperrzaun überklettern, schnell über den Weg huschen, und dann ins Rotwildgehege eindringen, auch dort über den Zaun, ohne ihn zu beschädigen. Ein Geräusch! Was war das? Rickert drehte sich erschrocken um und spähte zwischen die dicht stehenden Bäume. War dort nicht gerade ein Schatten verschwunden? „Blödsinn", schalt er sich. „Jetzt sehe ich schon Gespenster." Schnell hastete er über den Weg.

Hinter dem Baum, der ihm zuvor so seltsam vorgekommen war, glänzte etwas im Mondlicht. Es war der Gewehrlauf von Dr. Jürgen Lohenfels` Jagdflinte. Der alte Jäger ließ die Waffe wieder sinken. Nein! Die Stelle war noch ungünstig. Er musste warten, bis Rickert auf dem gleichen Weg zurückkam. Ein diabolisches Lächeln schlich sich auf die Lippen des Verfolgers. Er konnte auf seine Beute warten. Er hatte Geduld. Er war ein Jäger.

Monika Rose hatte Angst. Sie zitterte bei dem Gedanken an all die Kreaturen und Wesen, die da womöglich draußen im Wald herumschnüffelten und herumschlichen. Gut, sie saß im Auto. Hinter verriegelten Türen in Sicherheit. Aber trotzdem war ihr unheimlich zumute. Sie hatte ihren Wagen nur wenige Meter hinter dem Auto von Rickert auf dem Waldweg geparkt. Hier würde sie auf ihn warten. Er musste ja irgendwann zurückkehren. Ihr Auto versperrte ihm den Weg. Dann konnte sie ihn zur Rede stellen. Auf frischer Tat ertappt. Mit einem Tempotaschentuch wischte sie die Windschutzscheibe ab, die begann, sich von innen zu beschlagen. Angestrengt starrte sie in die Nacht hinaus. Nichts zu sehen. Sie kurbelte das Seitenfenster ein paar Zentimeter nach unten und lauschte. Das schaurige Geheul der Wölfe hallte durch die Nacht. Das jagte ihr keine Angst ein. Was sie sehen und hören konnte, verlor seinen Schrecken. Sie fürchtete sich vor dem Unsichtbaren.

Ziggl stöhnte und schnaufte, im Mondlicht glänzte sein schweißüberströmtes Gesicht. Auf einer Länge von fast hundert Metern hatte er nun den Außenzaun des Wildparks mehrfach durchlöchert, und das war eine Arbeit gewesen, die an Kalorienverbrauch einem Monat am Schreibtisch in seiner staatlich geförderten sozialpädagogischen Einrichtung in Freiburg gleichkam. Jetzt folgte der letzte Akt seiner Vorbereitungen. Er schleppte zwei mächtige Kabeltrommeln mit sich. Die eine rollte bereits ab, und als das Kabel nach 50 Metern ausgerollt war, stöpselte er die zweite Kabeltrommel in die erste und verlegte das Kabel weiter Richtung Wildgehege. Dort hatte er bereits die Lautsprecherboxen deponierte, die er nun unter Strom setzte. Dann hetzte er am Kabel entlang zurück zu seinem Auto, welches er mitten im Gelände geparkt hatte. Das würde ein Spektakel geben. Ziggl hatte seine Aktion minutiös geplant. Am meisten Kopfzerbrechen hatte ihm dabei im Vorfeld die Frage bereitet, welche Form von Lärm wohl am ehesten geeignet war, möglichst viel Wild aus dem Wildpark zu jagen. Er hatte sich schließlich nach langen Abwägungen für „Smoke on the water“ von „Deep Purple“ entschieden, eine Hard-Rock-Nummer, die bei den Löffinger Wildschweinen sicher die gleiche nachhaltige Wirkung erzielen würde wie in den siebziger Jahren bei den Löffinger Jugendlichen. Er freute sich diebisch, als er die Kassette im Autoradio einlegte. Die Boxen waren an die Autobatterie angeschlossen. Er brauchte nur zu starten und aufzudrehen, dann konnte das Spektakel beginnen.

Man benötigte nicht einmal ein Nachtfernglas oder ein Infrarotzielfernrohr. Das Rotwild im Schwarzwaldpark hatte gelernt, dass Menschen, egal wie sie aussehen und egal ob groß oder klein, immer die Hand ausstrecken und sich darin leckerer Mais oder sonstiges Wildfutter befindet. Und auch Menschen mit großen Stäben in der Hand jagten dem Schwarzwaldpark-Wild keinen Schrecken ein. So beäugten sie auch eher neugierig als ängstlich den haarigen dunklen Kerl, der jetzt nachts in ihr Gehege geschlichen war und seinen langen Stab an die Schulter hob und auf sie zielte. War das ein Pfleger? Brachte er Fressen? Jetzt, mitten in der Nacht? Dann knallte der Stab an der Schulter des Eindringlings laut wie ein Donnerschlag und einer der neugierigen Hirsche nahm einen Satz mit allen Vieren, knickte über die Vorderläufe ab und blieb regungslos im Gras liegen. Die anderen stoben erschrocken in alle Himmelsrichtungen davon. Rickert zerrte sein Jagdmesser aus dem Futteral und kniete sich über dem erlegten Hirsch nieder. Als er das Tier gerade aufbrechen wollte, erhob sich ein ohrenbetäubend dröhnendes, gnadenlos übersteuertes Gitarrensolo über den Baumwipfeln und fegte mit infernalischem Kreischen und blutgefrierenden Rückkopplungen durch den Schwarzwaldpark. Nicht nur die brutal aus dem Schlaf gerissenen Tiere rechneten mit dem sofortigen Weltuntergang, auch Rickert stand schockgelähmt und hatte im ersten Schrecken sogar Messer und Jagdgewehr von sich geworfen. Was zur Hölle war da los? Die Hölle antwortete: „Smoke on the water ..."

Bei Alfred und Linus im roten Flitzer lief irgendeine Schnarchmusik im Autoradio, als Deep Purple über sie hereinbrach. Die beiden hatten sich bei offenem Verdeck und sanft plätscherndem Autolautsprecher auf dem Parkplatz vor dem Schwarzwaldpark ein Zigarettchen gegönnt und dachten gerade darüber nach, ob sie Rickerts Auto wohl auf dem Waldweg finden würden und ob sie ihm die Luft aus den Reifen lassen sollten. Da brüllte Ian Gillan wie der Leibhaftige auf sie herunter „... and fire in the sky" und dazu zuckten Richie Blackmores Gitarrenriffs durch die Nacht. Es waren ein paar apokalyptische Sekunden, in denen Alfred auch damit rechnete, dass nun ein paar Höllengestalten aus dem Wald brechen würden, aber es geschah nichts. Nur der Lärm dröhnte schauerlich in den Himmel und drüben beim Schwarzwaldpark-Hotel gingen in einer panischen Reihenschaltung die Lichter in den Hotelzimmern an. Wer schon einmal live „Rock am Ring" erlebt hat, der bekommt eine Ahnung davon, wie möglicherweise die Tiere im Park dieses Inferno empfunden haben.

„Da ist irgendetwas los im Park", brüllte Alfred und machte Linus ein Zeichen, ihm zu folgen. Zielstrebig rannte er zum Haupteingang des Schwarzwaldparkes hinüber, der zwar abgeschlossen und gut gesichert war, den man aber überwinden konnte, indem man über das Kassenhäuschen auf die Innenseite des Zaunes kletterte. „Immer Richtung Lärm", kommandierte Alfred und hetzte voraus. Linus folgte ihm.

Rickert war überzeugt, dass das alles ihm galt. „Jetzt haben sie mich", fluchte er. „Sie haben mir eine Falle gestellt. Ich bin verloren." Er sprang auf. Das Gewehr und das Messer ließ er liegen. Auch die Beute. Noch war niemand zu sehen. Aber der Krach kam eindeutig von der Seite, wo die Sommerrodelbahn sich befand. Also Flucht in die entgegengesetzte Richtung. Panik und schlechtes Gewissen vereinten sich bei Rickert zur Kopflosigkeit, und so stürmte er schnurstracks dem Ausgang entgegen, genau auf jenem Weg, auf dem ihm bereits Alfred und Linus entgegenkamen.

„Smoke on the water" von Deep Purple dauert etwa dreieinhalb Minuten. Diese Zeit reichte, um halb Löffingen und ganz Dittishausen aufzuwecken, vor allem aber, um die Tiere im Schwarzwaldpark in heillose Aufregung zu versetzen. Die Hirsche und Rehe jagten in vollem Galopp quer über ihre Wiesen und durchs Unterholz, die Wildschweine wühlten sich wütend und orientierungslos durch ihre Gehege, die Bisons hämmerten mit ihren Betonschädeln gegen die hölzernen Futterkrippen, die Wölfe klemmten den Schwanz unter den Bauch und heulten vergebens gegen den elektrischen Sound an, die Affen brüllten und kreischten wie vor der Kastration und wenn man eine Affensprache unterstellt, dann haben sie wahrscheinlich über die „Urwaldmusik" gescholten. Jedenfalls war mächtig was los in der Tierwelt. Und als die dreieinhalb Minuten von Deep Purple um waren, trug dies keineswegs zur schnellen Beruhigung bei, sondern jetzt

ging das Kreischen, Heulen, Knurren und Jaulen erst richtig los. Nur einen Gefallen taten die Tiere Marian Ziggl nicht. Kein einziges suchte den Weg in die Freiheit durch eines seiner Zaunlöcher. Stattdessen drängten sich die Rudel dicht aneinander und senkten die Köpfe, bereit, ihr Revier gegen jeden Rockmusiker zu verteidigen, der es wagen sollte …
Ziggl blinzelte auf die Leuchtziffern an seiner Uhr. Etwa zehn Minuten gab er sich. So viel Zeit würde etwa bleiben, bis jemand auftauchen würde, um nach dem Rechten zu sehen. Denn der Lärm dürfte ja nicht unbemerkt geblieben sein, so kombinierte er. Also eilte er mitten hinein in den Tierpark. Irgendwie würde er die Viecher schon hinaustreiben.

Auch Monika Rose hatte in ihrem kleinen Auto auf dem Waldweg am anderen Ende des Schwarzwaldparkes das Hard-Rock-Bombardement nicht ganz unbeschadet überstanden. Es war über sie hereingebrochen, als sie gerade drohte, in ein sanftes Nickerchen hinüberzugleiten. Unvermittelt saß sie aber wieder kerzengerade auf dem Fahrersitz und war hellwach. Was war denn da los? Ihr erster Verdacht richtete sich gegen imaginäre Jugendliche, die vielleicht irgendwo in einer nahen Hütte ein Fest feierten und dabei die Lautsprecher zu weit aufgedreht hatten. Wenn das aber so war, dann übertönte dieser Lärm alle anderen Geräusche. Und es müsste dann doch ein Leichtes sein, unbemerkt hinter Rickert her in den Schwarzwaldpark zu schleichen und ihn auf frischer Tat zu ertappen. Sie wusste ja aus den Erzählungen von ihrem Mark, wie solche Pirschgänge abliefen und wo sie Rickert wahrscheinlich finden würde. Sollte sie es wagen? Immer noch besser, als untätig im Auto herumsitzen und im entscheidenden Moment vielleicht einzuschlafen. Also schlüpfte auch Monika Rose durch das schmale Loch im

Zaun, durch das schon Stefan Rickert in den Schwarzwaldpark eingedrungen war.

Der Rächer machte sich nicht mehr die Mühe, sich zu verbergen. Er sah schon von weitem den völlig aufgelösten Stefan Rickert den Weg herunterhetzen. Er wusste auch, an welcher Stelle Rickert wieder über die Abzäunung ins Wildschweingehege musste, wenn er zurück zu seinem Auto wollte. Und genau an dieser Stelle würde er ihn abfangen. Dr. Jürgen Lohenfels machte zwei behutsame Schritte aus dem Schatten des Baumes heraus, unter dem er sich bis dahin verborgen hatte, und stellte sich breitbeinig mitten auf den geteerten Fußweg, den Rickert heruntergestürmt kam. In aller Seelenruhe nahm er sein Jagdgewehr in Anschlag. Noch hielt er es lässig mit dem Schaft unter der rechten Achsel, jederzeit bereit, es an die Schulter zu reißen und einen Schuss abzufeuern.
Rickert kam näher. Er sah mehr hinter sich als vor sich auf den Weg. Offensichtlich fürchtete er sich vor Verfolgern oder vor irgendeiner Bedrohung in seinem Rücken. Dass zwanzig Meter vor ihm eine hoch aufgerichtete Gestalt mitten im Weg stand, das bemerkte er nicht. Dass diese Gestalt jetzt das Gewehr anlegte und auf ihn zielte sah er auch nicht. Noch 15 Meter, noch 12 Meter …
Da bellte eine Stimme durch den Wald: „Was machen Sie da, heda, lassen Sie das Gewehr fallen!“
Im gleichen Augenblick fiel der Schuss. Aber er verpuffte irgendwo im Nachthimmel, denn Dr. Jürgen Lohenfels, der kalte, erfahrene Jäger, hatte vor Schreck die Waffe nach oben gerissen und blind abgefeuert.
Rickert warf sich geistesgegenwärtig auf den Boden, wie er es in unzähligen Actionfilmen gesehen hatte. Da lag er nun,

mitten auf dem Weg, hatte sich noch den Ellenbogen angeschlagen, und zitterte seinem Schicksal entgegen.
Wütend wirbelte Lohenfels herum. Dort stand schnaufend und völlig außer Atem Alfred. Er war es, der gebrüllt hatte. „Sie ...?“ entfuhr es ihm. Und Lohenfels war ebenso verblüfft: „Sie? Hier?“
In der Schweigesekunde, die diesem verblüfften Dialog folgte, sprang vor ihnen Stefan Rickert wieder auf und hastete ins Dunkel des Parks hinein und davon.
„Bleib hier du Lump“, brüllte Lohenfels, ohne auf Alfred zu achten und jagte dem verschwindenden Schatten eine weitere Kugel hinterher.
Alfred machte zwei große Schritte zu Lohenfels hin. Ohne groß nachzudenken, nur von seiner ganz intuitiven Empörung getrieben, riss er dem groß gewachsenen und körperlich weit überlegenen Jäger das Gewehr aus der Hand. Eine Sekunde lang starrte er die Waffe an. Lohenfels war so verdutzt, dass er nicht gleich reagierte. Diesen kurzen Aussetzer nutzte Alfred, und sprintete davon. Leider in die falsche Richtung, nämlich nicht zum Parkausgang, sondern hinter Rickert her, ins Zentrum des Schwarzwaldparkes.
„Halt, stehen bleiben!“ brüllte Lohenfels ihm nach. Dann folgte er ebenfalls.

Am spektakulärsten käme die Tierbefreiungsaktion in der Öffentlichkeit an, wenn allen Affen die Flucht gelänge. Bis die dann wieder eingefangen waren, konnten Wochen oder gar Monate vergehen. Von dieser Überlegung getrieben hatte Marian Ziggl sich dem Affengehege genähert. Es handelt sich hierbei um ein großzügiges Freiluftgehege, vom Besucherbereich des Schwarzwaldparkes durch eine hohe Betonmauer getrennt. Hinter der Mauer lebten die Berberaffen in einem weitläufigen, eingezäunten Gelände, zu dem eine kleine Anhöhe, ein Wäldchen und eine große Wiese gehörten. Man musste diesen Kletterkünstlern nur eine Möglichkeit geben, die hohe Betonmauer zu überwinden, dann konnten sie sich in alle Himmelsrichtungen davonmachen. Und Marian Ziggl hatte diese Möglichkeit bereits gefunden. Er schleppte eine große, ausziehbare Aluminiumleiter durch die Nacht. Die hatte er in der Nähe bei einem Betriebsgebäude gefunden. Eine Leiter, über die die Affen aus ihrem Gefängnis entfliehen konnten.

Ziggl wuchtete die sperrige Aluminiumleiter auf die Mauerkrone der Betonmauer, dorthin, wo Besucher sonst immer ihre Kleinkinder setzten, um ihnen eine bessere Aussicht auf das Treiben der Affen zu ermöglichen. Ziggl sah nun selbst aus wie ein menschengroßer Affe, als er seine langen Extremitäten über die Mauer schwang und dort auf der Innenseite mit ungebrochener Energie die Leiter nun vorsichtig hinabließ. Er stutzte kurz, als er vom Parkeingang her einen Schuss hörte. War etwa schon Polizei eingetroffen? So schnell? Umso mehr musste er sich beeilen, wenn die Befreiungsaktion noch gelingen sollte. Aber wieso kamen die Affen nicht die Leiter herauf? Es waren überhaupt keine Affen zu sehen. Die hatten sich alle irgendwo auf ihren Bäumen in Sicherheit gebracht. Wie lockte man Affen an? „Putt, putt, putt, putt …“ krächzte Ziggl. „Kooommt, ihr Affen, kooommt, kooommt.“ Mit dieser Methode hätte er wahrscheinlich auch ein ausgehungertes Krokodil noch eher verscheucht als angelockt. Da knallte ein zweiter Schuss, wieder vom Eingang des Parkes her.

Ziggl spähte durch die Nacht in jene Richtung. Nichts zu erkennen. Wieviel Zeit hatte er noch? Wieso waren die Affen auch so blöd? Man musste nachhelfen. Vorsichtig setzte er

den Fuß auf die oberste Sprosse der Leiter. Sie stand stabil. Er stieg zwei Stufen ab. Noch zwei Stufen. Die Leiter hielt. Er musste ins Affengehege hinein und die Viecher eben hinausscheuchen. So einfach war das. Wenn erst einmal der erste Affe über die Leiter entflohen war, dann würden die anderen ihm schon folgen. So stellte Ziggl sich das Leithammelprinzip bei den Berberaffen vor.
Fürs erste war er jedoch der einzige Affe, der die Leiter benutzte. Allerdings in die falsche Richtung. Er stieg hinab in sein Unglück!

In der Zwischenzeit hatte auch Monika Rose in der Dunkelheit das Wildschweingehege durchquert und näherte sich dem Weg, auf dem die Schüsse gefallen waren, die sie ebenfalls gehört hatte. Da sah sie einen Schatten, eine Gestalt. Jemand stand auf dem Weg. Ein Mann. Die Gestalt machte ein paar Schritte auf sie zu. Monika Rose erschrak. Der Fremde konnte sie nicht gesehen haben. Trotzdem trat sie instinktiv einen Schritt zurück. Dabei übersah sie einen morschen Ast unter ihrem Schuh. Schon knackte er verräterisch. Die Gestalt auf dem Weg blickte auf.
„Wer ist da?“ rief eine fremde Stimme.
Monika Rose rutschte das Herz in die Hose. Sie bangte um ihr Leben. Wenn der Fremde vorhin geschossen hatte? Wenn er nun auf sie schoss? Unfähig, einen logischen Gedanken zu fassen, rannte sie los. Blindlings in die erstbeste Richtung.
„Bleiben Sie stehen, bleiben Sie stehen!“ rief der Fremde hinter ihr her. Und als sie nicht reagierte, da setzte er sich ebenfalls in Bewegung, rannte ebenfalls los. Hinter ihr her. Er verfolgte sie.

Stefan Rickert war zwar ein abgesoffener, korrupter und heruntergekommener Typ, aber laufen konnte er noch wie ein

Hase. Er schlug Haken und er hetzte über Stock und Stein, krabbelte durchs Unterholz, watete durch Sumpfpfützen und kletterte über Zäune, Mauern und andere Hindernisse. So schüttelte er seine Verfolger ab. Schweiß tropfte ihm von der Stirn, die Haare und der Bart waren nass wie ein Putzlumpen, sein Herz pumpte, und er war über und über mit Dreck verschmiert. Plötzlich stand er vor einem kleinen Weiher. Jetzt rächte es sich, dass Stefan Rickert noch nie in seiner Freizeit beim Besuch des Schwarzwaldparks den Park wirklich besichtigt hatte. Er hatte immer nur die besten Möglichkeiten ausgekundschaftet, illegal in der Nacht das Wild abzuschießen. Er hatte sich aber nie um die übrige Architektur des Parks und um die dortigen Freizeiteinrichtungen gekümmert. Sonst hätte er jetzt gewusst, dass er sich an einem kleinen See befand, den man mit Booten befahren konnte, die unter Wasser an Laufseilen fixiert waren und die an diesen Seilen eine feste Route befuhren. Zu dieser Route gehörte auch die Fahrt durch eine künstliche Höhle, in der sich allerlei Pappmaschee-Monster befanden. Sie waren mehr oder weniger detailgenau Viechern aus der Urzeit nachempfunden, Flugsauriern, Echsen, Riesennashörnern und Riesenfledermäusen. Das alles wusste Stefan Rickert nicht. Er suchte nur ein Versteck. Als er deshalb die Öffnung entdeckte, die in die künstliche Höhle hineinführt, und als er auch noch feststellte, dass man nur in diese Höhle hineingelangen konnte, wenn man ein paar Meter durch das Wasser watete, da war er sich sicher, dass er einen Platz gefunden hatte, an dem er sich ein oder zwei Tage verkriechen konnte. So lange, bis sich die Aufregung im Park gelegt haben und ihn niemand mehr hier vermuten würde. So dass er dann nach zwei Tagen gemütlich hinausspazieren konnte, als sei er ein ganz normaler Besucher. Das waren in etwa die Überlegungen, die

Rickert anstellte, bevor er in den See hineinwatete und dann, das Wasser bis über den Bauch, sich zum Höhleneingang vorarbeitete.

Die Spur war verloren. Rickert entwischt. Alfred fluchte und musste sich eingestehen, dass der Wilderer ihm entkommen war. So ein Mist aber auch. Er lehnte mit der rechten Hand an einem Baum und schnaufte wie der Olympiasieger nach dem Zehntausendmeter-Lauf, japste nach Luft und verbog sich fast vor Seitenstechen. Nein, das war nicht sein Ding. Für solche Verfolgungsjagden war er nicht sportlich genug. Unterwegs hatte er schon das Gewehr von Lohenfels abgelegt. Es war ihm zu schwer geworden. Wo befand er sich jetzt? Vor ihm eine Lichtung. Mit Bänken, hölzernen Tischen, Grillplätzen. Er trat auf die mondbeschienene Lichtung hinaus und fand die Orientierung wieder, Dort drüben befand sich die Sommerrodelbahn. So weit war er gerannt. Unglaublich! Fast quer durch den Park. Und nun? Rickert war unzweifelhaft entkommen. Wo war Linus geblieben? Den hatte er schon längst abgehängt. Und der Alte? Der Jäger. Steckte der auch noch irgendwo?
Die Frage wurde sofort beantwortet. Ein Schuss pfiff durch den Wald und heulte irgendwo über Alfred hinweg.
„Hey, Sie Wahnsinniger!" brüllte Alfred entsetzt. „Sie schießen auf einen Menschen…!"
Lohenfels, der irgendwo im Dunkeln zwischen den Bäumen steckte, gab keine Antwort, sondern jagte statt dessen der ersten eine zweite Kugel hinterher. Offenbar hatte er sein Gewehr wiedergefunden. Diesmal schlug die Kugel jaulend in einem Baumstamm ein, immer noch weit über Alfreds Kopf. Aber jetzt wollte Alfred sich nicht mehr darauf verlassen, dass dies so bleiben würde. Dieser Dr. Lohenfels musste total

ausgerastet sein. Am Ende zielte er genau, und dann wäre Alfred das Opfer. Obwohl noch immer außer Atem, wie ein Boxer in Runde dreizehn, rannte Alfred über die kleine Lichtung Richtung Sommerrodelbahn. Dort gab es Deckung. Zunächst hinter einem kleinen Kiosk. Wieder pfiff eine Kugel durch die Nacht. Vom Kiosk ging es hinauf zum Starthäuschen der Sommerrodelbahn. Alfred flüchtete dorthin. An den Geräuschen der Schritte erkannte er, dass Lohenfels ihm immer noch folgte. Was wollte der bloß?
„Hören Sie endlich auf! Ich habe Ihnen nichts getan! Hören Sie auf zu schießen, Lohenfels. Ich zeige Sie an!"
Das war die falsche Ansprache gewesen. Lohenfels antwortete mit einem verbitterten Lachen und einem weiteren Schuss. Wenn er gewollt hätte, dann hätte er als erfahrener Jäger Alfred treffen können. Soviel stand fest. Er schoss absichtlich daneben. Er wollte Alfred Angst einjagen. Das gelang ihm vorzüglich. Alfred zitterte um sein Leben. Jetzt gab es kein Versteck mehr. Nur noch eine Fluchtmöglichkeit: bergab! Einige Metallschlitten waren neben dem Starthäuschen aufgestapelt. Vielleicht ausgemusterte oder defekte Exemplare. Egal! Alfred schnappte sich den obersten und setzte ihn entschlossen in die Blechrutschbahn. Hinter dem Häuschen knirschte der Kies. Lohenfels kam näher. Alfred schwang sich todesmutig in den Rodelwagen, stieß sich mit beiden Händen links und rechts der Bahn mehrfach ab, und schon ging es abwärts in die dunkle Nacht hinein.

Das war ungefähr der Moment, als Monika Rose – wiederum an einer ganz anderen Ecke des Parks – bei der Flucht vor dem fremden Mann, der niemand anderes als Linus war, die große Kinderkletterburg erreicht hatte, die sich in vier und mehr luftigen Etagen in die Höhe emporschraubte. Dort hinauf!

Monika Rose sah am Klettergerüst hinauf und ihr Blick fiel dabei auf einen hellen, leuchtenden Punkt am Himmel. Es war nicht der Mond, der stand in ihrem Rücken. Es war ein heller Punkt, der größer wurde und sich bewegte, der immer näher kam. Und jetzt gehörte zu dem Punkt auch noch ein Geräusch. Hubschraubergeknatter. Es war ein Hubschrauber, der sich näherte. Über dem Schwarzwaldpark setzte er zum Tiefflug an, schwebte mit lautem Krach nur wenige Meter über den Baumwipfeln heran. Dann verharrte er kurz über dem Restaurant, stand auf der Stelle in der Luft, wie eine Libelle im Sumpf, und plötzlich gingen zwei riesige Scheinwerfer an, die auf den Landekufen des Hubschraubers montiert waren, und der Schwarzwaldpark im Umkreis von 300 Metern war hell erleuchtet wie das badenova-Stadion in Freiburg bei einem Flutlichtspiel.

„Achtung, Achtung, hier spricht die Polizei! Achtung, Achtung, hier spricht die Polizei. Ich wiederhole: Hier spricht die Polizei …"

Was die Polizei, die nicht nur mit dem Hubschrauber durch die Luft gekommen, sondern längst auch – und von den Akteuren im Schwarzwaldpark unbemerkt - mit einem Dutzend Streifenwagen angerückt war, schließlich in dem von ihr hermetisch abgeriegelten und umstellten Schwarzwaldpark vorfand, war folgendes:

Monika Rose oben auf dem Kinderklettergerüst. Linus unten, am Fuße des Klettergerüstes. Beide unschuldig!

Alfred, per Sommerrodel auf der Flucht vor dem schießwütigen Dr. Jürgen Lohenfels. Nur das schnelle Eingreifen der Polizei verhinderte, dass Alfred den Streckenrekord aufstellte. Lohenfels wurde dabei gefasst, als er verzweifelt versuchte, ebenfalls mit Hilfe eines Sommerrodels, Alfred zu verfolgen.

Er hatte den Rodel nur falsch herum in die Bahn gestellt und bekam ihn deshalb nicht vom Fleck.
Marian Ziggl im Affengehege. Die Affen hatten ihn bereits adoptiert und zwei besonders eifrige versuchten auch schon, ihn zu begatten. Außer, dass er ebenso stank wie die Affen, hatte Ziggl aber keinen bleibenden Schaden genommen. Am härtesten traf ihn wohl, dass die Polizei seine Deep-Purple-Kassette beschlagnahmte.
Stefan Rickert wurde erst nach zweistündiger Suche gefunden. Ohnmächtig in der Saurierhöhle. Beim Anblick der Urmonster, die er in der Dunkelheit höchstwahrscheinlich für echte Ausgeburten der Hölle gehalten hatte, hatte sein Kreislauf versagt. Nach all der Aufregung kein Wunder.
Kriminalkommissar Jöder, der Leiter der Ermittlungen in Sachen Hirschsprung war es gewesen, der den Polizeieinsatz ausgelöst hatte.
„Wir haben Sie seit Tagen beschattet, Herr Dr. Lohenfels“, eröffnete er dem verblüfften Juristen, als schließlich alle Akteure im spontan für diesen Zweck konfiszierten Schwarzwaldpark-Restaurant zusammensaßen. Die Eingänge waren von Polizisten bewacht und es saßen mehr Polizisten an den Tischen herum als in der Hochsaison zahlende Gäste, so dass Kommissar Jöder sich keine Sorgen machte, es könne ihm einer der Beteiligten nochmals durch die Lappen gehen.
Lohenfels sah ehrlich erstaunt und auch ein bisschen entrüstet aus: „Mich? Sie haben mich beschattet? Seit mehreren Tagen? Wie kommen Sie dazu?“
Jöder lächelte: „Wir wussten, dass sie erneut versuchen würden, die Wilderer zu erschießen. So, wie Sie es schon einmal versucht haben.“
Lohenfels Miene verfinsterte sich. Seine Gesichtszüge verhärteten sich, er kniff den Mund zusammen, sagte nichts mehr.

„Damals, am Hirschsprung!“ Jöder warf diese Behauptung so hin, wie einen Köder, und wartete auf Reaktionen.

Alfred, längst wieder mit Oberwasser, kombinierte: „In der Nacht, als sein eigener Sohn starb.“

„In der Nacht, als er seinen eigenen Sohn erschoss!“ präzisierte der Kommissar.

Lohenfels sprang auf: „Was sagen Sie da?“

Jöder nickte bedächtig. Zwei Polizeibeamte drückten Lohenfels mit sanfter Gewalt auf den Stuhl zurück, hielten die Hände aber weiterhin an seiner Schulter.

„Es ist tragisch, Dr. Lohenfels, aber Sie haben Ihren eigenen Sohn angeschossen. Die Ballistiker können es beweisen. Die Kugel, die wir dem vom Hirschsprung abgestürzten Armin Lohenfels aus der Schulter operiert haben, stammt aus der gleichen Waffe wie jene Kugel, die Sie, Herr Dr. Lohenfels, damals in den Sattel von Marian Ziggls Fahrrad geschossen haben. Das ist der Beweis!“

Lohenfels sackte auf seinem Stuhl zusammen.

„Ja, es stimmt“, fuhr Jöder fort und drehte dabei nervös seinen Pepita-Hut in den Händen, „Sie haben sich mit den Wilderern einen Schusswechsel geliefert. Die Wilderer haben zwar zurückgeschossen“ – Jöder sah tadelnd auf Rickert hinunter, der immer noch traumatisiert schien und wie ein Häufchen Elend in seinem Stuhl hing – „aber die Wilderer haben nur den Blechhirsch getroffen. Die Kugeln dort waren identisch mit den Kugeln im Porsche, stammten also aus den Waffen der Wilderer.“

Wieder machte Jöder eine Kunstpause, und als niemand etwas sagte, fuhr er fort: „Es ist also so gewesen, dass Armin Lohenfels von einer Kugel des eigenen Vaters getroffen wurde. Deswegen verlor er den Halt und stürzte vom Hirschsprungfelsen hinunter auf die B 31, wo zufällig in jener Nacht Herr

Marian Ziggl unterwegs war.“ Ziggl räusperte sich, doch Jöder unterbrach ihn: „Zu Ihnen komme ich noch, Ihre Straftatbestände werden wir gesondert würdigen. – Insbesondere den von heute Nacht!“

„Weil Sie glaubten, die Wilderer hätten Ihren Sohn auf dem Gewissen, haben Sie, Herr Dr. Lohenfels, alles daran gesetzt, Rache zu nehmen. Sie wollten mit gleicher Münze heimzahlen. Deshalb haben Sie auch heute Nacht hier im Wildpark gelauert. Sie wussten, dass Rickert hier auftauchen würde. Und Sie hatten vor, ihn aus dem Hinterhalt abzuknallen. Das war Ihr Plan. Seien Sie froh, dass dieser Herr hier“, er zeigte auf Alfred, „Ihr Vorhaben vereitelt hat. Sonst dürften Sie nämlich den Rest Ihres Lebens im Gefängnis verbringen.“

Lohenfels seufzte tief, bewahrte aber insgesamt Haltung und stieß tapfer hervor: „Ich möchte jetzt gerne mit meinem Anwalt telefonieren. Mit meinem Partner Dr. Stocherl. Ohne ihn werde ich keine Aussagen machen.“

„Das ist Ihr gutes Recht“, räumte Jöder bereitwillig ein. „Telefonieren Sie bitte mit Ihrem Anwalt.“

Nun fügte sich alles zusammen: Alfreds monumentaler Sensationsbericht über die „Familientragödie am Hirschsprung" bescherte dem Hochschwarzwaldkurier ungeteilte Aufmerksamkeit und die innere Genugtuung, dass die Schnarch-weiter-Redaktion diesen Bericht mangels eigener Recherche fast in Gänze beim Kurier abschreiben musste. Das machte diesmal sogar der Schnarch-weiter-Chef persönlich, in der berechtigten Annahme, dass er geschickter abschreiben konnte als seine schreibende Hausfrauengarde, bei denen das Plagiat sofort aufgefallen wäre. Aus handwerklicher Sicht war gegen den abgekupferten Bericht nichts einzuwenden, er war so formuliert, dass man das Abschreiben juristisch nicht hätte nachweisen können. Also so, wie es umgekehrt beim Abschreiben von den Kollegen auch Alfred bereits zur Perfektion gebracht hatte.
Der unglückliche Todesschütze Dr. Jürgen Lohenfels, der sicher durch den Tod seines Sohnes genug gestraft war, verweigerte trotz erdrückender Beweislast beharrlich ein Geständnis und bestritt auch in den Vernehmungen weiterhin, in der Tatnacht überhaupt in der Nähe des Hirschsprungfelsens gewesen zu sein. Er hielt sich noch an einem fragwürdigen Alibi fest, dass er nämlich in besagter Nacht bei einem privaten Kochkurs „Wildspezialitäten" mit anschließendem Umtrunk gewesen sei. Dieses Alibi beschaffte ihm sein Kanzleispezi Albert Stocherl, der auch Lohenfels' anwaltliche Vertretung übernahm. Doch Kommissar Jöder hatte das Gewehr, das ballistische Gutachten und inzwischen dank Alfreds Vermittlung auch die Zeugenaussagen des Irokesen, so dass er voller Optimismus hinsichtlich Lohenfels' Verurteilung war. Rickert wurde vom Dienst suspendiert und unverzüglich wegen Wilderei angeklagt. Der Wilderer im interkommunalen

Gewerbegebiet von Löffingen änderte völlig überraschend seinen Namen in das Unverdächtige „Baar-Bistro" um, änderte die Speisekarte und erhöhte saftig die Preise.
Mark Hoffmann kam mit einem blauen Auge davon, behielt seinen Job bei der Polizei, wurde aber strafversetzt in die Diaspora nach Wutöschingen. Dorthin folgte ihm Monika Rose und beide kündigten kurz darauf per Zeitungsannonce ihre baldige Vermählung an.
Marian Ziggl hatte ein Verfahren wegen Einbruchs, Sachbeschädigung und Tierquälerei am Hals. Der Betreiber des Schwarzwaldparkes war aber einverstanden, es niederzuschlagen, falls Ziggl sich bereit erklären sollte, auf eigene Kosten alle defekten Zäune reparieren zu lassen und darüber hinaus seine Schuld durch 60 Stunden gemeinnützige Arbeit in der Tierpflege im Schwarzwaldpark abzutragen. Ziggl bat sich Bedenkzeit aus und machte seine Zustimmung von dem Versprechen abhängig, auf keinen Fall mit Arbeiten im Affengehege betraut zu werden.
Linus gewann auf der Grundlage der gemeinsamen Porschebegeisterung einen besonderen Zugang zu Hansi Konhäuser und schaffte es, dass der Modezar über ihn eine Reihe neuer Versicherungen abschloss und gleichzeitig die alten kündigte.

Ein richtiges Happy End wäre es aus Alfreds Sicht aber erst dann gewesen, wenn zum Schluss für ihn doch noch irgendwie etwas mit Susi gelaufen wäre. Doch das passierte leider nicht. Als er sie bei nächster Gelegenheit zu erreichen versuchte, empfing ihn die ebenso frustrierende wie eindeutige Botschaft: „Kein Anschluss unter dieser Nummer ..." Sie hatte nicht nur ihr Telefon, sondern auch sich selbst abgemeldet. Nach Unbekannt verzogen. So war es alles in allem nur ein kleines Happy End. Auf badisch: Ein Happy Endle.

KURZES NACHWORT

Alle Behauptungen und Gegenbehauptungen über die Jagd, die in diesem Krimi aufgestellt werden, sind dem Buch „Vom Widersinn der Jagd" von Carlo Consiglio, Verlag Zweitausendeins, entnommen und können deshalb nicht dem Autor angelastet werden. Alle Personen und Gegenpersonen, die eine Rolle spielen, sind entweder dem wahren Leben oder der Fantasie entnommen. In beiden Fällen ist der Autor wiederum unschuldig, denn für das wahre Leben kann er nichts und Auswüchse der Fantasie sind nicht justiziabel.

Die Handlung ist frei erfunden, aber sie spielt an Orten, die nicht erfunden zu werden brauchten, weil es sie tatsächlich gibt. Falls an dieser Kombination irgendjemand Anstoß nimmt, so sei auch für diesen Fall erklärt, dass der Autor nicht Gegenstand des Unmuts sein kann, denn über eine frei erfundene Handlung braucht sich niemand aufzuregen und an der Geographie des Hochschwarzwaldes kann auch der begabteste Autor nichts ändern, es sei denn, er führe mit dem Bulldozer und einer Sprengladung im Gepäck durch die Landschaft.

Personen, die meinen, sich in Personen der Handlung unvorteilhaft wiederzuerkennen, erst recht, wenn diese Personen einen Namen tragen, der dem ihren ähnlich oder gar identisch ist, mögen bedenken, dass es Zufälle gibt, und wenn sie dies nicht beschwichtigt, so mögen sie ihren Humor walten lassen, oder ihren Großmut.

Die Idee, die auch diesem dritten Schwarzwaldkrimi zugrunde liegt, ist immer noch die, mit etwas Augenzwinkern und Lokalpatriotismus einige markante Charaktere des Hochschwarzwaldes auf sympathische Art in eine fiktive Krimihandlung hineinzuweben, in der alle Schurken und alle Opfer auf jeden Fall frei erfunden sind.

Eine spezielles Dankeschön gilt diesmal Klaus Hör, der mit akribischer Genauigkeit das Manuskript auf grammatikalische, orthographische und inhaltliche Schwachstellen untersucht und diese dann, wie ich hoffe, vollständig getilgt hat.

Roland Weis, Juli 2006

Schwarzwald-Krimis

Die im Dunklen sieht man nicht.
Höchstspannung um Mörder und Verbrechen
zwischen Kuckucksuhr und Tannendunkel.

Taschenbücher,
Paperback.
Je 8,80 €
im Buchhandel

Die Schwarzwaldfalle
ISBN 3-9808633-7-9

Keltenkult und Kuckucksuhren
ISBN 3-9808633-9-5

Kneipenkrieg

ISBN 3-9808633-0-1

7,60 €

Hundstage

ISBN 3-9806539-4-3

7,60 €

Breisgau-Bohème

ISBN 3-9808633-3-6

7,60 €

Sternwald Verlag

Sternwaldstrasse 26

79102 Freiburg

Tel. (07 61) 3 14 14

Fax (07 61) 2 43 02

www.sternwaldverlag.de